上長江

刘醒龙 著

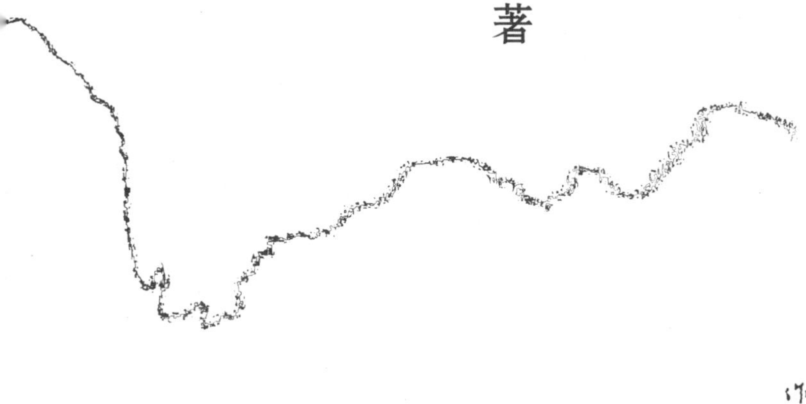

作家出版社

刘醒龙

武汉市文联专业作家，现为中国作家协会小说委员会副主任、中国作家协会文学工作者职业道德委员会委员、华中师范大学客座教授、湖北省博物馆荣誉馆员、《芳草》杂志主编。著有长篇小说《圣天门口》（三卷）、《蟠虺》《一棵树的爱情史》等十余部，出版有长篇散文《一滴水有多深》、散文集《寂寞如重金属》、小说集《刘醒龙文集》等数十种。散文《抱着父亲回故乡》获第四届老舍散文奖，中篇小说《挑担茶叶上北京》获第一届鲁迅文学奖，长篇小说《天行者》获第八届茅盾文学奖。

目 录

1 母亲河

二〇一六年十月二十九日，那天的日记中有这样的一段话：一起往崇明岛。到岛的东头，隔着岔江可看到对岸长兴岛上隐约的造船厂和正在建造的隐约的大军舰。原计划上近岸观察站看看，不料赶上涨潮，从入海口里倒涌上来的水，将去观察站的小路淹成一条水沟，旁边全是芦苇，只好在水边站一站、走一走。午餐在一处农家乐，有一道叫鱼煮鱼的菜大受欢迎，也就是将各样小鱼配上小蟹和小虾一起煮，味道极鲜美。岛上人还有个习惯，一般的菜都会配几颗毛豆当调料。还有小鱼鳑鲏，上桌一会儿就抢光了。餐后，一行十人去瀛东公园转了一圈，以为可以看海，后来才知，崇明岛上根本看不到海，看到的都是长江。崇明岛上另有一样东西，是要惊掉一半中国人的下巴。长江源头的青藏高原上极为流行的藏药藏红花，竟然有百分之九十是种植于长江入海口的崇明岛上，剩下的百分之十零星种植于广西等地，但是没有一棵是种植在青藏高原上。

这段文字是我对母亲河长江正式书写的原始写照。

之前的几个月，我接到《楚天都市报》一位副刊编辑的电话，说是有一个机会，可以将长江走透。

听明白消息时，虽然知道自己将要耗时四十天，而且还要当一回“新闻民工”，但还是毫不犹豫地答应了。一边承诺相关事项，一边为接下来可能面对的困苦做简约设想。与对方探讨的时间不长，自己的设想更短。该探讨的还没有探讨完，我的设想就结束了：对于一个将长江作为母亲河的男人来说，有机会一步一步地从通达东海的吴淞口走到唐古拉山下的沱沱河，不存在什么值不值得，而是所有梦想中，可以触摸，可以拥抱，最应该尽快付诸实施的。

天下大同，万物花开，我第一喜欢水。

这些年，去到世界上的各个角落，只要有机会一定会跳进当地的江河湖海之中畅游一番。一九九五年冬天，在克罗地亚的赫瓦尔岛上小住，客房后门就开在地中海边，风略微大一点，海浪就吹到窗户上了，又恰逢大雪，景致更加动人。那天傍晚我已经将泳裤准备好，只差几步就能跳入地中海，却被同行的长者拦阻住。他们说这可不是开玩笑的事。我也觉得不能开他们的玩笑，于是就放弃了。过后一想，只要自己往那地中海中一跳，谁又能怎样呢，无非极快地回到岸上，回到房间里冲一个热水澡。话说回来，我从来不是一个极端任性的人，只要别人捧出真理，我就不会让真理觉得为难。不过，有了这次的教训，后来的日子，我学会了不等别人拿出真理来，比如在俄罗斯的海参崴，在美国的洛杉矶，还有在自己国家的南海，我已经将自己用那当地的柔情之水泡上了。

在崇明岛上，面对万里长江最后的水面，我竟然忘了下水游泳这事。已是深秋季节，水上的男男女女，已经穿上厚厚的棉衣。很明显这不是游泳的季节，也不是游泳的地方，在脑子里丁点没有与游泳相关的念头，只能表明自己太专注于从最远处流下来的一滴水，在与无以计数的水滴聚集成一条浩大的长江后，如何与大海相融合。

一滴水无以成江河。那最远的一滴水只是个领头者，这样的领头者最重要的职责是与第二滴水合二为一，再与第三、第四、第五，直至数不胜数的水滴，融合在一起。

崇明岛秋景

至于长江在哪里，长江的入海口在哪里，都不是第一滴水所考虑的。水是实在的，所以水总是往低处流，而不会好高骛远，不去想如何出人头地、高人一等。离开了这种实在，不可能有所谓最远的一滴水。那样的水滴，很可能被一只鸟叼了去喂给刚刚孵出来的小鸟，或者被一头小兽用舌头舔了去做了之后排泄物的一部分，还有可能被一朵花承接下来作为自身姿色的一种滋润。许许多多的水滴汇成许许多多的小溪，许许多多的小溪汇成许许多多的大河。还是一滴水，就想着要去大海，如此一滴水是轻浮而不是浪漫，不值得信任与托付。作为一条超级大河，只有出了三峡，经过洞庭湖和鄱阳湖，绕过芜湖、镇江和扬州，才将大海作为最终目标，这样的长江才是伟大而亲切的母亲河。

我不知道自己第一次见到长江时的印象与感觉。

对于一个在长江边出生的人来说，这有点愚不可及。用我们童年的话来说，叫作蠢出大粪来了。

非常遗憾，这不能怪我。

那时，我还在襁褓当中，还在母亲的怀抱中。母亲不止一次抱着我看过长江，也许母亲并不是有意这么做，她抱着我在黄州城边的长江大堤上行走，或者在团风镇外的长江大堤上徘徊，只是有一份工作要做，又没有可以临时托付怀中婴儿的地方。我肯定对着长江恬不知耻地哇哇哭闹过，也肯定对着长江没有缘由幼稚无知地放声痴笑过。正因为如此，表面上我对长江没有任何特别表示，长江却对我有着特殊的心授，若非如此，以我后来在山区成长的几十年阅历，偏偏与其他山里人不一样，无论走到哪里，都会对水表现出一种另类的执着。因为母亲在哺乳时，让我吮吸了太多长江的味道！

母亲抱着我站在长江边时，母亲是母亲，长江是长江。

只有当自己有了独立的灵魂，长江才会成为我们的母亲河。

现在，对自己，对别人只能说说记忆中第一次见到长江。

那时，自己刚好二十岁，在一家山区小县的县办工厂当车工，因为被选入县总工会文艺宣传队，有机会参加黄冈地区职工业余文艺会演。第一次回到出生地黄州，也就有了第一份与长江明确相关的记忆。那是一九七六年，那一年的十月被称为金色的十月。会演原先准备在九月份举行，九月九日下午我们正在排演时，收音机里传来毛泽东主席逝世的消息，过半数的宣传队员哭成泪人儿，我也想哭出来，但终归只是犯傻发呆。会演因此拖后一个月，终于在十月份正式举行。排在前面的宣传队已经演过了，正要轮到我们时，秋天里的春雷一声震响，臭名昭著的“四人帮”被打倒了。虽然是大好事，却也苦了全体业余文艺工作者，先前排演好的文艺节目，多是顺着“四人帮”的语气，一下子都要重写，都要重新排演。此后的演出，各支宣传队的唱词与说辞中，新打倒与旧打倒的，先打倒的与后打倒的，各种说习惯的名词口号与一时还不习惯的名词口号，那些久经训练变得朗朗上口的和本是急就章却也需要马上说顺口的，全部混杂在一起，没有哪个节目不说错话，也没有哪个节目不出洋相的。我们入住的招待所，与长江大堤只隔一条名叫沙街的小街，沙街背后就是万里长江。十月的长江，水势正猛。没事时，我们就去江堤，看上水和下水的船如何停在黄州江边，也看一边倒地只会向东而去的大水。江水去了，会演也结束了，我们继续回到各自工厂，当车工的还是车工，当钳工的还是钳工，当印刷工的还是印刷工。五年后，我再去黄州，沙街背后的江边已经无法停靠任何船只了，黄州这边要到下游十里才可停船，或者停到对岸的鄂州去。

年轻时，面对三十年河东，三十年河西的变迁，心中怀着太多大江东去的渴望，想念一切书中提及的崇明岛和吴淞口，憧憬长江万里奔腾汇入大海的无比壮丽。一九九九年九月，上海有关方面邀请我创作一部反映浦东建设十周年，重点写浦东机场建设的电视剧。整整一个星期，每天都能望见正在新建的浦东机场外面水天茫茫中的九段沙。浦东机场的一部分是填海而成的，这样的用词无人提出异议。一旦有人说浦东机场外面就是东海时，就会有人不答应，那九段沙是长江上游的泥沙淤积而成，也就说明这一片水面还是长江口，不应当被称为东海。那一次，几乎要上九段沙了，最终没有成行，也是因为九段沙也没有成型，除了大量淤泥，只有极小一块稍为坚硬一点的陆地，那点陆地只够搭建一处简易棚子，还是需要穿上连体橡胶衣裤才能爬上去。正是那一次，那些我所没有见识的淤泥与细沙，令人怦然心动，想着长江最远的源头，如何用冰水和雪水，将最远的泥沙送到长江入海口，如何一点点地长成偌大的沙洲。让我没有想到，只隔半年，二〇〇〇年三月，上海市政府就批准了建立九段沙湿地自然保护区。二〇一六年十月底的这一刻，我来崇明岛，也就十几年光景，当初要穿连体橡胶衣裤才能爬上去的九段沙，已经变成较大面积的陆地，并且在可以望见的将来成为又一座崇明岛，又将生长出某些只属于万里长江的奇迹，如藏红花那般锦绣。

在一眼看不到的漫漫水天处，长江与东海的区隔是长江水文观察五十号浮标。我希望能看到五十号浮标，又庆幸肉眼视力所限，无论如何努力睁大眼睛，也看不清那小小的五十号浮标。那地方距离崇明岛最东端的陆地还有二十几公里。这也就是说，站在长江口的陆地上是永远看不到海的。望不见真的江海分野处，心里反而觉得踏实。

江海同体，水天一色，我是来探索长江之源的，并无送别长江之责，甚至在心里多出一份情感，看着长江如此归于苍茫，忽然发现永恒的意义并非如我们通常渴望的那样绝对令人向往，而希望作为河流的长江，永远只是一条可亲可敬的河流。一旦变成大海，就会离开我们太遥远了。地理中说，长江三级分岔，四口入海。长江一旦入海，反而会令我们心生不舍。看一眼与长江日夜同在的渔翁，再看一眼从遥远北方飞天而来的黑天鹅，这样的长江，比真的海洋还美丽。

2 天子上岸我登船

在南京时，正赶上江苏省中青年作家高研班开班，我被邀去聊了一场文学。因为下午就要去金山寺，其间，顺便提及《西游记》中唐僧的身世生平之误。此中秘密有多少人知道？至少那一天听我说话的各位都不知道。二〇一三年秋天，差不多也是这个时候，去吴承恩的故乡淮阴，所见到的人，有讲座上的，也有雅聚时的，说起来同样没有谁知道。离开南京，下午三点左右到达金山寺，江水从不远处苍茫流过。如今的和尚用的是自来水，若是还像唐贞观年间那样，要去江里挑水，这距离是太远了点。

流水不会错，挑水也不会错，时间在流水与挑水中一刻不停地向前也不会错。错的是唐僧出生的时间。错的是唐僧到西天取经的时间。第一次发现《西游记》出错时，甚至不敢相信自己的眼睛。唐僧名玄奘，父亲陈光蕊在唐贞观十三年得中状元后，被丞相之女殷温娇的绣球击中，成为夫妻。陈光蕊带着妻子赴任江州，到洪江渡口，不小心上了贼船，艄公刘洪、李彪见色起意，杀了陈光蕊。为腹中骨肉，殷小姐寻思无计，只得被逼顺从。待小玄奘出生后，悄然放进江流，顺水下漂，被金山寺挑水和尚救起。书中说，玄奘十八岁那年，终于报了家仇，才响应唐太宗的号召赴西天取经，那场在玄武门外举行的盛大欢送仪式，竟然还是父亲陈光蕊中状元后娶妻生子的唐贞观十三年。在淮阴时，这话根本无人相信。吴承恩的那些乡党表情，像是多有不屑。《西游记》问世几百年，早先几位权威的评点人都没有提及这些谬误，这就不只是见怪不怪的问题了。

水流千万里，终归有尽头。木盆装着小小玄奘顺水漂流的尽头是金山寺，余下浩荡江水继续向着自己的尽头奔去。那个叫浒浦的极小地方，江水曾经载起一代君王乾隆。江湖普遍传说乾隆曾三下江南，也不知是第几次，乾隆的龙船在浒浦这儿靠岸了。当时天下着雨，刮着风，岸上插着旗帜，上面本写着“浒浦”两个大字，因为风雨，旗帜有所折叠，将浒字的偏旁三点水隐了去。乾隆没有看到偏旁，脱口将旗帜上的“浒浦”念成“许浦”。君王的话，当然是金口玉言，从此天下人，写的还是“浒浦”，读念时，全变成“许浦”。就连现时的各种字典，也要专门记上一笔，说“浒浦”应读“许浦”。

皇帝错了，文化也要迁就。迁就之下，又成全一种文化。

文化人错了，只有一半是文化，另一半则成了笑话。作为文化的那一半，可以勉强设想，吴承恩该不是故意卖个破绽，留下时空之间的某种寓意。成了笑话的那一半，不必多说，人也明白智者千虑必有一失的道理。

如果长江犯错了，现实会是怎样的情形呢？

多少年来，江河都是按照地球自转法则，慢慢地往南岸挪，所以一直以来，长江每到雨季南岸的险情总是十分吃紧。南京以上，这铁律就是铁律。待过了南京，习惯上被称为江南的这一大片地域，比如扬州那里，江北的漫滩一年下来就会塌陷几百米。反过来，江南的镇江这些年平白无故地生长出大片湿地。在人类文明中，长江这是犯错了。长江自然不肯买人类的账，依然我行我素地犯着人类眼中的错误。长江一任性，人类的麻烦就来，肉眼凡胎看得见

取水徐六泾

江堤水岸一片片坍塌，大水深处各种复杂的变化，将能行船的地方变得能让船搁浅，将原来的浅滩变成能使万物陷入灭顶之灾的深渊。

浒浦码头很小，一旁的徐六泾水文站，在与万里长江相关的事物中，名气很大。原因在于这是长江流向大海路途中，人类为长江修建的最后一座水文站。从乾隆皇帝上岸处到崇明岛外临近茫茫大海的长江口第五十号浮标处，小小院落中的二十几位水文工作者，在已与大海没有多大区别的江段上，依着长江的性子，精确地查证并记录长江各种各样的任性痕迹。在天子上岸的浒浦码头，水文工作者们天天都要上船去到江心的水文观测站，做些极为专业的事情。

十月二十九日早上，头一天在这附近水边见面相识的老浦，领着一行人登上他天天都要乘坐的水文站长租的渔船。老浦是在武汉出生的，父辈就是从事水文工作的。还有一位小张，是典型的武汉姑娘，启蒙在长春街小学，然后就读武汉二中。老浦是水二代，小张更是水三代。那船头极高，几乎与驾驶台平齐，是典型的出海打鱼的渔船，从浒浦往下，长江风大浪高，一般内河船只吃不消，在那样的船上人也吃不消。在江上待的时间久了，老浦站在船头，如果不开口说些专业术语，与那真的船老大难有区别。

在这船上，人更懂得长江为何是国之血脉。

前一天还风急浪高到无法登船的长江，难得平缓一些。正要去看的水文观测断面，在长江上跨度最长的江通大桥下面。南岸庞大的华能电厂，还看得清楚，江北航母主题公园里的航空母舰只能勉强看到一个黑点。横跨长江的水流观测断面长约五公里，江面的巨轮和小艇，首尾相连地在江上穿梭。在实现自动观测之前，若要做一次完整的断面观测，竟要出动二十多艘我们乘坐的海船，每条船上需要二十几个人，完全观测需要二十几小时。在这样的长江上，这样的工作比一个人违规横穿北京的长安街、上海的南京路和武汉的解放大道还要惊心动魄。用所谓潮起潮落，长涨长消，形容长江还嫌小家子气。长江在这深达九十多米、宽达五公里的水面上，用从海里涌上来每秒十万立方米的最大潮流，再用从上游流下来每秒十三万立方米的最大径流，从早到晚，两起两落，将万里奔腾而来的雄壮做淋漓尽致的最后发泄。

在长江面前，老浦他们也好，天下人也罢，全部做不了这伟大力量的导演，甚至连观众也是勉强才算合格。老浦自己也说，在如此巨大的水面上，就算一次取十几瓶样水，所得数值也是不准确的。

那天午后，老浦领着一行人去看崇明岛最东端的一处观测站。走到近前才发现，芦苇丛中，那条通往观测站的人行小路，变成一条水沟。老浦的自信被出人意料涨起的潮水小小打击了一下。老浦一点也不懊丧，与长江过招，失算是常有的事，算不了什么。在浩瀚的长江面前，人永远只是不得不谦虚的后来者。观测站一侧，崇明岛本岛与长兴岛之间的江面上，一艘渔船晃晃悠悠地停在那里，船老大和他的助手，正有条不紊地将江里的渔网，从船舷的一侧收上来，远远看去，像是整理，又像是收获，不一会儿便又从船舷的另一边放回江里。老浦说，渔船能轻松收网，说明向上的潮流与向下的径流处在相对平衡的状态，过了这段平衡期，江水向上或者向下流动起来，想要收网就难上加难了。

在最东端的滩涂上有一群黑天鹅，是昨天才迁徙来的。老浦他们说，以往年年都是如此，总会有几只黑天鹅作为先锋，抵达崇明岛，隔两天，大队的黑天鹅就会从天而降。

资料里说，天鹅是少数几种可以飞越青藏高原，飞过喜马拉雅山的候鸟。不知道这些大型候鸟中可有到过长江源头的，很显然，飞禽走兽都没有沿着长江迁徙的生活习惯。人也没有，但人的习惯是可以改变的。

在不是尽头的尽头之处，看得见和看不见的潮流如人世间的种种风靡。潮流一来，常常令人把握不住自己。长江因为如此，才将潮流化成巨大物理能量。《西游记》也是如此，而用潮流抒发奇丽人文故事。

《西游记》有所犯错，并不损其五百年人文哺养之功。长江作为天文地理的不朽巨著，后来的一切，能够成为她的合格读者就是莫大的荣誉。长江在不该拐弯的地方拐弯了，在不该泛滥的地方泛滥了，在不该变浅的地方变浅了，在不该有暗礁的地方有暗礁了,都是这巨著的自由与风格。其他万物，注定只是她的诠释者。长江不会在乎有谁在说闲话，有谁在说好听的，即便是真的错在什么地方，那也肯定是对天下众生的新的启蒙。

3 茉莉小江南

长篇小说《圣天门口》中有位会用军号吹曲子的冯旅长，冯旅长用军号吹的曲子叫《茉莉花》。小说改编为电视剧时，用《茉莉花》曲调作为这部四十八集年代剧的主旋律。不曾料到音乐刚配好，阿拉伯世界闹起“茉莉花革命”，剧组的人一紧张，就将全部配乐推倒重来，一下子就乱了作品心绪。更想不到，时过境迁，前不久，这个世界有影响力的众多国家首脑齐聚杭州西湖，其间最令人心动的音乐正是《茉莉花》。说起来，《茉莉花》作为歌曲，还是二十世纪三十年代一位出生入死的共产党员，在战火纷飞之际于太湖边写成的。

陕北有山丹丹，这本是天造地设，江南产茉莉花，就不必心猿意马。

一直以来，从上海起沿长江逆流向上到南京这一段，常熟、南通、无锡、苏州、江阴、镇江、扬州，是大一些的地方，小一些的地方，尤其是周庄、同里、西塘、乌镇、南浔和甪直，每走一处，无一例外。南京和扬州等大一些的地方，宛如茉莉花束，周庄和西塘等小一些的去处则是茉莉花朵。甚至瘦西湖、玄武湖和太湖等水域，也像晨露或小雨淋过的茉莉花，淡雅清清，远香徐徐。

都是用大水洪波滋生，黄河醉心于牡丹，长江下游又名扬子江的这一段痴情于茉莉。牡丹花开之处，天上地下差别不大。茉莉花开之后，人间世情各有千秋。若比美人，扬州是少女盈盈十五，又有那瘦西湖做成的小蛮腰。无锡是二十几岁的待嫁新娘，用一座太湖做镜子，忸怩是婉约还是盛装。苏州是初为人母的少妇，什么粉脂都上妆，什么衣着都风韵，无论什么人群站在其中都出色。镇江则像半老徐娘，因为成熟，丰姿更胜，雅韵更深。

身为江南美艳之首，南京像什么呢？从中山码头上来，凭着望江楼的窗台眺望，洲滩秀逸，江涛浑厚，轻帆与巨轮，轻盈的格外轻盈，奔放的更加奔放。忽然想起南京被称作江宁府时，丈夫为知府、妻子为诗人的那对夫妻。那知府叫赵明诚，妻子叫李清照。二人相亲相爱宛如天作之合，如果没有那场突如其来的兵变，谁也无法推测这段爱情童话会被诗词文章演绎到何种高度。歹徒恶棍横行霸道之际，怎一个赵明诚，丑得了得，一改平素的儒雅大方，带着两名部下，系上一根绳索，溜下几丈高的城墙独自逃命，全然不管平日里耳鬓厮磨的爱妻与嘴上总说生死与共的全城百姓性命。所幸兵变被他人平息，之后不久，赵明诚带着李清照离开江宁往湖州赴任。途经乌江，早已是婉约派首席情感大师的李清照，突然豪情喷薄，写下那首“生当作人杰，死亦为鬼雄。至今思项羽，不肯过江东”的千古名篇。大多数人不懂其中玄机，以为诗中文字一笔一画都可化作英雄宝剑，不知在英雄史诗之后，还藏着一部旷世的爱情悲剧。知情者说，赵明诚在湖州任上不到一年便一命呜呼，本质上是被这首诗活活郁闷死的！

从江宁到南京，时而京畿，时而废都，时而烟花数十里，时而血海几尺深。如此城楼城堡城池，婉约时如李清照，豪迈时如李清照，遇上寻寻觅觅冷冷清清凄凄惨惨戚戚的境地，不做河东狮吼，不以村妇疯癫，只引出项羽作为怀想，将痴情换成死心，直教懦夫明白，自己已没资格谈情说爱，

江南荷风

可见李清照的真了不起。

曾经的南京拥有无数情话，拥有过李清照自然是最了不起的情典。

茉莉花香得如此柔嫩，江南爱情故事才会格外动人。

一座甘露寺，将镇江的北固山，从古来兵家必争之要塞，变成丈母娘相女婿的风水宝地。一场风花雪月事，一段美满姻缘情，活生生被羽扇纶巾的政客，纵马沙场的武夫弄得杀气腾腾。危险归危险，最终好事还是成了。成了好事以后，那些于爱情背后做些肮脏事情的手脚，反而成为这段国家级绯闻的重要注释。北固山上的那段长廊，因为没有听到摔杯声响,昭烈帝的项上人头才没有顺阶而下，滚落进长江。而此事最妙的是那孔明先生，一辈子只与隆中茅屋里结发的极丑女子厮守，不仅识得孙小妹深爱刘皇叔的柔情，还破解吴国太的心思，认定吴国太一定会喜欢上儿子的政敌。只能说诸葛亮对江南茉莉花有着睿智见解，懂得那花香中深藏不露的情爱密码，所以才不安排刘皇叔去曹操的地盘相亲。

这种事情如果发生在北方黄河边，一百个刘皇叔也插翅难飞。儿子的对头送上门来，俺老娘不帮一把谁还会帮上一把？情到江南，自成学问。中国的爱情史，一百万字中有九十九万九千字是由丈母娘执笔写的。北固山巅那尊屡遭雷击的铁塔，仿佛是一支铁笔，是为见证山南山北山东山西的爱情而变身残缺的。眼前情爱明明是丈母娘当家做主，却硬要将一些眉来眼去、暗通款曲、私订终身，当成男女交合的正途，人人都不说真话，不写真相，不就等于笔是废笔吗？几千年来，丈母娘把持的爱情好与不好，甘露寺不是证明吗，这是佳话呀！漫天杀伐终归要回到美人浅笑之中，如果按丈母娘说的去做，吴蜀没有刀兵相见，岂不是江南苍生一大幸事！

没有内乱内战，不再兄弟阋墙手足相残！多几个这样的丈母娘，是邻里乡亲的幸福。多一批这样的丈母娘，是家国民族的幸福。

北固山真个是丈母娘山！

甘露寺应该称为丈母娘寺！

江南秀美，在于山水，在于花草，在于这些深入人心的关乎情爱的传说。那个白娘子，在许仙面前是何等可人，不然就不会让一个读书人明知对方是白蛇化身，还死活不改爱心。茉莉花是江南美人的真身，美人是江南茉莉花的幻影。到了长江这里，茉莉花也好，美人也罢，都是水浪的花与朵。那白娘子是通读了长江之心，才成为江南女子精灵，柳径轻移，花蕊绕日，媚肢缠风；小窗愁绪，梨花带雨，蝉露秋枝；香帐独眠，胸雪横陈，鬓云洒地。这一切本就十分迷人，还要如绣花一样，针与线恰到好处地做了一次邂逅。那终身不得反而得之的快意，一番怨别，足够相思千古，也就怪不得她，秀目圆瞪，柳眉重大。不只是她要引江水淹了金山寺，流了十万年的长江看在眼里，心有疼痛，愿意帮白娘子一把，才有一股股江涛像茉莉花海一样涌上高高在上的金山寺。

茉莉花开遍的江南，实在可以令人像茉莉花一样略有羞怯地告诉世间——爱在江南。乌江上的李清照，甘露寺中的丈母娘，金山寺前的白娘子，将最不可能的爱情早早地写成诗剧，向四面八方流传。小花茉莉，小镇江南，丰盈的不只是柔情，还有丝丝入骨的大雅大善大纲大观。

4 自公一去无狂客

昨夜冷雨下个不停。这是同行的记者说的。

我却一觉睡到天亮，醒来时发现窗外秋野如水晶莹，竟然没去细想，连天连地的水渍是否追随我们，一路铺陈到此。一场秋雨一场凉，一曲情歌一断肠。心里揣着这话，也就揣上了一种极端的情怀。好在这样的极端并不是别的什么，而是为着行程前面有“唐名贤李太白”而举世皆知的马鞍山上名为采石矶的去处。

秋雨带来真正的寒意，并不等于秋雨真的冷酷。即将跨过长江时，秋雨连一根细丝也不拖曳，彻底地停下来。谚语说，夏天的雨隔着牛背。谚语从不说秋天的雨，因为秋天的雨就像世事中正气浩然的君子，从不玩那小小机锋使人无以算计，也不玩小鼻子小眼睛的花样使得那些烂货

我輩岂是蓬蒿人

也能评说。秋天的雨，一旦下了决心，有长江和没长江都不是问题，过长江和不过长江同样不是问题！只要下了决心，就像这一天，分明雾气弥漫，茫茫如烟，轻轻弹一下指头就有不少的雨落下来。毫无疑问秋雨是那么坚决！当年骑着乌骓，站在江边的凤凰山上，不肯上船，不肯过江的西楚霸王也是如此坚决。独自过江的乌骓因不见项羽，而在地上打滚终至气绝，留下马鞍化成一座马鞍山。如今名满桂子山的华中师范大学前校长章开沅先生，那一年在校园内镇定如金刚的一句：当校长的只有保护学生，而没有其他！那风骨儒雅血统，正是出自马鞍山下，采石矶旁。

秋雨不肯过江。过了江就是马鞍山以及马鞍山上的采石矶，那是李白的马鞍山，更是李白的采石矶。或许秋雨明白李白不喜欢自己，偶尔写一句“雨色秋来寒”也是近乎敷衍的满肚子不爽。身为诗仙的李白，摆明了对秋雨了无好感，无法与白居易的“秋雨经三宿，无人劝一杯”，杜甫的“雨声飕飕催早寒，胡雁翅湿高飞难”，陆游的“夜阑卧听风吹雨，铁马冰河入梦来”等名篇名句相比。

挥别李白不喜欢的秋雨，望着马鞍山，沿着采石矶，一步不落地走了三个小时。到处是李白概念，说得最多，也写得最多的是李白酒后去水中捞月不幸溺亡。很奇怪自己居然将这事与昨晚电视播的红军长征的一则故事联系到一起。红二十五军政委吴焕先牺牲后，副军长徐海东抱着他的遗体，号啕大哭，亲手将吴焕先脸上的血污擦洗干净，再将自己心爱的军大衣披在吴焕先的遗体上。这样想真的很牵强但也不是风马牛不相及。

李白的身世也很清楚，晚年李白穷困潦倒，不得不于唐上元二年（公元七六一年）秋天，抱病投奔族叔、时任当涂县令的李阳冰，次年病重后，将一生著作全部托付，其六十一岁的人生终以“腐肋疾”，也就是肺脓肿穿孔，永生于当涂。诗仙雅号是后人封赐的，活着李白也还是普通人，病入膏肓之际，清水铜盆中的月亮也不一定能看得见。哪有力气喝到大醉，再到溪边、潭边、河边或江边赏月？平常日子中形如枯槁的老男人，连睁开眼皮的力量都不一定有。后来传说，李白是醉后往水中捞月而溺亡，一定是人死之后化作神仙时所为。

二〇一二年，也是秋天，曾去过皖南泾县桃花潭，于那山水之间细品李白当年所歌，心中很不是滋味。“李白乘舟将欲行，忽闻岸上踏歌声。桃花潭水深千尺，不及汪伦送我情。”平白的话语里，分明含着人到穷途末路时的无奈与无助，哪里是真的感动与友情。唐代宗大历五年（公元七七〇年），晚年的杜甫原本想北归河南，由于贼人作乱，不得不往南逃，行到耒阳，遇江水暴涨，只得停泊方田驿，五天没吃到东西，幸亏县令聂某派人送来酒肉。杜甫获救后写下的那些句子，相比惺惺相惜的李白，二者所言，如何不是异曲同工，悲剧重演？

无论如何，都不能阻挡我站在采石矶上，遥想当年诗圣和诗仙，如何强作欢笑，苦中作乐。

不忍心说出苦难，往往是最懂苦难的人。而将苦难变成传说的，才是苦难用非苦难的方式留给千秋万代的真理人性。徐海东亲手将吴焕先的遗容擦洗干净，将自己身上的大衣披在生死与共的战友身上，不只是人与人的情分，还由于徐海东最了解吴焕先的现实与理想。同明相照、同道相益、同情相成、同声相呼、同利相死、同忧相救。作为红军将领的徐海东与吴焕先相同，作为诗人的李白与杜甫相同。至于后来传说，李白感激于汪伦的友情，李白诗意地死于酒后捞月，也是出于一种相同。一代代的诗人经历过一代代的苦难，一代代的苦难让一代代的诗人痛恨不已，才有后来传说中无与伦比的绝美。更何况，就连最普通的市井中人，都不会将所那苦不堪言的东西神圣化!

面对采石矶，我唯独喜欢清风阁前的那副对联的上联：自公一去无狂客，而不喜欢下联：此地千秋有盛名！甚至恨不得改其中一字变成：此地千秋有甚名？

“采石江边李白坟，绕田无限草连云。可怜荒垄穷泉骨，曾有惊天动地文。但是诗人多薄命，就中沦落不过君。渚苹溪藻犹堪荐，大雅遗风已不闻。”记着白居易的诗，我固执地走在所有人前面，用一级级石阶找寻将传说变成史实，又将史实变成传说中的墓冢。三个小时并不算长，三个小时又确实很长很长。如果三个小时是准确的，在两小时五十五分钟时，找寻到的那道长长的笔直如天梯的石阶，突然让人胆怯起来。这种胆怯是行走长江的第一阶段，见过汨罗江下游屈原怀沙，又见过汨罗江上游杜甫享陵后空前放大起来的。因亲眼看见汨罗江怀沙，而再次真正送别屈原；因亲眼看见杜甫享陵，而再次无奈永失杜甫。这窄小的石阶，长长地指向山的高处，如果那里真有一座李白墓冢，还不如学那还在江对岸徘徊的秋雨，不见也罢!

难怪有诗说，秋风秋雨愁煞人。一想到诗是由人来写的，便不能不想，如果天下有会写诗的秋风秋雨，这诗一定会变为,贵为诗仙的诗人,哪怕只是古往今来的唯一一位，也能愁煞天下所有秋雨秋风。

秋雨那恋恋不舍的告别，秋雨那羞羞答答的退还，敢是比世人更懂李白之殇、诗词之痛。

5

乌江不渡

一声长叹，只为乌江不渡。

离开采石矶和马鞍山，再次跨过长江。

秋风秋雨仿佛等在岸边，甚至就在水线上，久别重逢般扑通一声撞了个满怀。无论怎样旧梦重温，这声长叹和这次不渡，与秋风秋雨毫无关联。

在马鞍山，在采石矶，意外发现，当年西楚霸王正是站在烟雨迷茫的对岸，面对宽广壮阔的江水做最后的深情伫望，然后……然后，就留下一座分明是唐初所建，我和同行诸位几小时前才晓得，由李白最后投靠的族叔李阳冰，唐上元三年（公元七六二年）篆书匾额的“西楚霸王灵祠”。正是这一刻才明白，万里长江流经湖北江陵时，猛然拐了一个九十度的急弯，将大江东去变成大江南去，如此也就没有了江南江北，只剩下江东江西。江水由北向南奔流至石首段之后，才又重新扭头向东。对长江来说，这样的巨变还不是仅有的。从芜湖到马鞍山，长江再次翻转，这一次，浩浩荡荡的江水变成了由南向北。自己设身处地所在，向北奔流的长江之畔，正是项羽不肯过来的父老江东。

车进和县，踏上凤凰山。隔着一片平铺开来的田野，看得见两三里之外的长江。经过一千年的流淌，长江上几乎所有的岸线，都在不知不觉中向南漂移。正如生我养我的黄州，苏东坡所抒发的大江东去，除去浪淘尽千古风流，也淘尽了南岸的西山石壁，将经典的《赤壁赋》，留在北岸一座被人间烟火团团围绕的小山上。这是地球的特性所决定，除了宇宙之力，谁也无法扭转。我用想象东坡赤壁的心情，将西楚霸王灵祠前的原野，想象成乌江小吏驾船漂泊的江面。秋雨深深，暮色苍苍，沙沙林叶之上，楚歌有曲，汉腔无调。有肃穆祠堂在此，可以当成霸王模样，只是虞姬她人在何处？那些红叶，那些黄花，那些从树梢十丈处掠过的雨雾风云，连虞姬的鞋袜都不及，连虞姬的裙袂都不是。没有虞姬，项羽忧伤十尺，我等忧伤一丈。

杜牧惋惜项羽不肯渡江，集合江东子弟卷土重来，曾

雨落古寺

作《乌江亭》说 :“胜败兵家事不期，包羞忍耻是男儿。江东子弟多才俊，卷土重来未可知。”王安石也在《题乌江霸王庙》里叹息 :“百战疲劳壮士哀，中原一败势难回。江东子弟今犹在，肯为君王卷土来? ”陆游更用《项羽》来说 :“八尺将军千里骓，拔山扛鼎不妨奇。范增力尽无施处，路到乌江君自知。”人死如灯灭，像项羽这样如电光石火般了却自己，千百年后还在被人念叨，所表明的并不是奇迹，而恰恰是这样的死与不死，关系着每个后来者在有限的生存日子里，如何活着面对命运，如何死得有些形象。

慷慨悲歌，临江不渡!

这样的项羽确实神奇，于后世却不是真的重要。

一直以来不喜欢各种各样的神化，不管是宗教的，还是非宗教的，不管是大人物，还是小人物，不管是他人，还是自我。一切之中，当然包括项羽。项羽自己说自己是“力拔山兮气盖世”，真的变为神神鬼鬼，那样的项羽就不是今天的项羽。今天的项羽必须面对:“时不利兮骓不逝。骓不逝兮可奈何，虞姬虞姬奈若何? ”一旦成了神，莲花座上有没有多放一尊泥塑，或者少放一尊铜雕，就不会有太多人在意。晓得奈何，也敢于奈何的项羽，虽死犹生。这样的项羽再多一百倍的尊崇，仍远远不够。

乌江是项羽的，也是虞姬的。

虞姬之后再没有项羽。

项羽之后再没有乌江。

谁谁之后没有刘邦？

刘邦之后又没有谁谁呢？

春秋战国最重要的遗产，是一种名叫贵族精神的东西。

这遗产不属于刘邦。翻开刘邦的个人信用记录，有太多的口是心非、言而无信和出尔反尔。从在乡下混吃混喝开始，刘邦就是一个利益至上者。以刘邦的为人做派，虽然夺得天下，却不属于真正的九五之尊。直到文景之治，汉武盛世，从项羽手中夺取的天下，才变得像模像样。这也应了那句俗话，一夜就能成就一个暴发户，三代才能培养出一个贵族。无论文帝刘恒、景帝刘启和武帝刘彻，都只是成功的政治家，而非真的贵族。真正的贵族与贵族精神，早在乌江边的凤凰山上，随着项羽的自刎，而被那群乱兵用刀剑砍得比五马分尸还要粉碎。

由春秋战国积累起来的文化精神，也在公元前二〇二年化作支支简牍，累累铭文，不再存于人的血脉之中，也就无法再在这个世上传承。

刘邦能在鸿门宴上全身而退，后世言说的原因无论有多少种，只有一种是最关键的，全身流着贵族血脉的项羽，举不起那把阴险的丑陋之刀。后来的结局，别人能事先看清楚，项羽自然也能预见。兵败垓下，霸王别姬，乌江自刎，包括为了不再伤害民众与兵卒，曾邀约与刘邦的二人决斗，一切都是他自己的选择。苏东坡后来评说：项籍唯不能忍，是以百战百胜而轻用其锋。项羽不愿忍耐那才是真的项羽。项羽要的就是战争中的百战百胜，因此才不惜一切地在战场上光明磊落地使用自己的刀锋。岂肯沦落到与伪君子为伍，为保存实力，暗地里使尽阴谋诡计。

纵观历史，横看现实，从来英雄不敌恶棍，君子难防小人。

同样纵观历史，横看现实，从来都是英雄永远是英雄，恶棍永远是恶棍，君子永远是君子，小人永远是小人。

英雄与君子在实力强大时，因为要照顾恶棍或小人的利益，反而会产生巨大约束力。反过来，恶棍与小人当道，一定会使自身膨胀到无以复加，从无对他人的丁点顾忌。

英雄与君子在对方做到非常完美时，会大大方方地承认自身技不如人，该下野的下野，该殉道的殉道，没有半点拖泥带水。恶棍与小人身处劣势如丧家之犬，也不忘在暗中策划，只要是对方一步没有走稳，便像疯狗一样扑上去。用现在的话来说，英雄与君子仰仗领先的实力，恶棍与小人咬定破绽以图逆转。鸿门宴上的项羽享受了强者不可凌辱弱者的孤独求道，乌江边上的项羽挑战了弱者最后沉沦时对生命极限的超越，对人生优异品格的完善。

唐朝一位宰相曾写道："自汤武以干戈创业，后之英雄莫高项氏。感其伏剑此地，叹乌江之不渡。追昔之下，风烟将暮，大咤雷奋，重瞳电注，叱汉千骑……"

相比乌江不渡，今人今世更要叹惜：刘邦身边多宵小，项羽之后无贵族。

6 醉翁亭遇王黄州

秋季雷暴，在如今似乎难得一见。

十月二十六日上午九点三十分左右，正在陋室门前，忽听见一声秋雷，片刻后大雨就如天漏。前一天离开霸王祠时不算太晚，但暮色已十分沉重，一场大雨悬挂在头顶上，眼看着就要倾泻下来。那在霸王祠中导游多年，说起话来不知不觉地染上几丝霸气的女子，甚至说要下暴雨了。延迟到第二天上午才落下来的大雨，让我们不得不改变行程，在霸王祠和醉翁亭之间，增加一应物什均无新建的陋室。并顺应天意，增加了在陋室门前，对那一声秋雷的闻听。秋雷响之前，雨还是大雨。秋雷响过之后，大雨真的变成了暴雨。

之前没有，之后也没有。独一无二的秋雷如世间一声断喝，让人以为陋室的木门前、照壁后或者碑刻旁，将有某种警醒之物出现。后来的情形证明，在陋室范围内，有作为襄阳少年的刘禹锡，有作为江陵过客的刘禹锡，但都不是秋雷想要给人的提醒。熟悉到如同高三年级班主任的刘禹锡，身世经历在江湖传说中既清楚又明晰，用不着对他在襄阳与江陵的短暂日常表示诧异。

后来才明白，真正值得在秋天响一声雷，是一位黄州故人在与和县相邻的滁州琅琊山上冒雨伫候。

转眼之间，陌生的和县县城，就在暴雨中变成七月武汉。在陋室，不用理睬这可以当成海的暴雨，也抹不掉与荆楚江汉血统的熟悉。“山不在高，有仙则名；水不在深，有龙则灵”的浩然洒脱，“谈笑有鸿儒，往来无白丁”的名士风范，早在跟随母亲投亲靠友时，少年刘禹锡就在襄阳流露出“酒旗相望大堤头，堤下连樯堤上楼”的非凡。日后与柳宗元同为唐朝政治革新的核心人物，革新失败后，同道中人王叔文被赐死。刘禹锡先被贬为广东连州刺史，行至江陵，再贬为现在是湖南常德的唐朝朗州司马。在江陵逗留时相识的诗僧鸿举，得幸获其赠诗，其“乞取新诗合掌看”的句子，那楚人奇美诗情的表现，叹煞多少僧俗

想不起黄州竹楼

好友。

陋室之陋，如果没有《陋室铭》，连两分钟都不够人待见。

《陋室铭》之铭，在于心中。即便外面有暴雨，那些石刻之铭、水墨之铭，也只能使人小有流连。

雨越下越大，前车掀起的公路上的水浪，都能淹着后来的车头。与少年刘禹锡一样，当年欧阳修的父亲去世，母亲也带他投靠湖北当小官的叔父。刘禹锡的叔父在襄阳，欧阳修的叔父在随州。从政后，由于遭贬谪，也曾当过离江陵只有咫尺之遥的夷陵（今为宜昌）县令。后来才知道的旧时故人，一直等在醉翁亭，却不是醉翁亭的主人欧阳修。车行几十公里，进到滁州琅琊山，终于见到若不是天降大雨，昨天就能见到的醉翁亭，面对园中一副对联，心里忽然沉沉一动。心一旦动了，就把持不住，仿佛之中的故人立刻替代专程来醉翁亭约会欧阳修的初衷。简直就是因应了欧阳修写的那话：醉翁之意不在酒。如秋雷沉沉一动之心，正像欧阳修接下来所解释的“在于山水之间”那样，滁州也好，琅琊山也罢，包括醉翁亭都不在话下，只在意那对联，“谪往黄冈执周易焚香默坐岂消遣乎，贬来滁上辟丰山酌酒述文非独乐也”，以及对联中间的“黄冈”二字。

醉翁亭面积不算大，也不算小，亭园内有醉翁亭、古梅亭、影香亭、意在亭、怡亭、览余台、宝宋斋和冯公祠，在前面八座去处之外，还有一座二贤堂。那对联正是挂在二贤堂内。其意所指，是为两任太守皆因关心国事而贬谪滁州愤愤不平，又对两位太守诗文教化流传民间深表钦敬。

黄冈二字的触动，才如陋室门前不轻不重不惊不诧的那声秋雷。

滁州太守，因贬而来，作为醉翁亭主的欧阳修是少不了的，另一位名叫王禹偁，别号王黄州。苏东坡称他“以雄文直道独立当世，耿然如秋霜夏日”。黄庭坚有诗赞：“往时王黄州，谋国极匪躬。朝闻不及夕，百壬避其锋。”还有两句著名诗句：“兼磨断佞剑，拟树直言旗。”那是雅号王黄州的王禹偁自己对自己的刻画。王禹偁与欧阳修命运相同到八九不离十，只是二人生错了时辰。假使王禹偁在后，而欧阳修在前，变为后来者的王禹偁能读到“醉翁之意不在酒”，或许就不会在皇帝面前幽愤得“未甘便葬江鱼腹，敢向台阶请罪名”。生性耿直，疾恶如仇的王禹偁，既得罪同朝官僚，也不讨皇帝喜欢，前两次被贬后，好不容易被召回朝廷，参与修《太祖实录》，又旧病复发忍不住赋诗讥讽权倾当朝的两位宰相。宋真宗皇帝一边感叹其聪明文章，可与唐朝的韩愈和柳宗元并列，一边假惺惺地表示，王禹偁“刚不容物，人多沮卿，使朕难庇”，在大年三十当天，下旨将王禹偁贬为黄州刺史。连年三十和初一都不让在京城过,真正是前无古人,后无来者的莫大奇趣。

唐、宋时期，云梦泽畔的黄州极为荒凉，那些在帝都蝇营狗苟中受到排挤打压的贤能常常被贬来此。王禹偁是公元八九九年贬到黄州的，比他早五十七年到黄州也任刺史的杜牧，就因为黄州属下等州，唐朝京官都知道是“鄙陋州郡”，而被视为贬谪。王黄州时的黄州，荒凉贫穷十倍于后来苏东坡的黄州。如果不是王禹偁贬来黄州时主持兴建月波楼等,之后苏东坡贬谪到来时,日子会过得更糟糕。

那在典籍中影响着后人的《黄州竹楼记》正是王禹偁任黄州刺史时，为自己建造的两间竹楼所写：“夏宜急雨，有瀑布声；冬宜密雪,有碎玉声；宜鼓琴,琴调虚畅；宜咏诗，诗韵清绝；宜围棋，子声丁丁然；宜投壶，矢声铮铮然……公退之暇……焚香默坐，清遣世虑。江山之外，第见风帆沙鸟、烟云竹树而已。待其酒力醒，茶烟歇，送夕阳，迎素月，亦谪居之胜概也。”千年以来，凡此种种庭院，谁个不是按照这样的意境养心行事？

公元九九五年王禹偁第二次遭贬来到滁州，不久又遭第三次贬谪去到黄州，公元一〇〇一年于蕲州逝世。六年之后的一〇〇七年欧阳修才出生，到滁州时已是一〇四五年。博览群书的欧阳修百分之百读过《黄州竹楼记》，同为第二次遭贬来到滁州，王禹偁的秉性文章足以令欧阳修感时恨别，心生《醉翁亭记》原旨。

平心而论，同为经典，有的作品风靡千百年，有的作品却独守空房，原因并非千差万别，而是文章中的广告语有没有和行不行。欧阳修的《醉翁亭记》，因为一两个句子，加上苏东坡亲笔书录，使得世上有了文章与书法相得益彰的范例，还有一处确实建得典雅美绝的醉翁亭，因而名气巨大。《陋室铭》也是因为有三两句二十几字脍炙人口。公元一〇八〇年才到黄州的苏东坡，与王黄州相隔八十一年。王黄州曾希望“后之人与我同志，嗣而葺之，庶斯楼之不朽也”。可惜就连被贬到黄州当团练副使的苏东坡也只顾筑自己的雪堂，而未顾及，致使“斯楼”早早朽去。

王禹偁的《黄州竹林记》，通篇字字珠玑，句句华彩，只是少了任谁都能信口道来的句子，加上所建的竹楼毁于尘世，更无书法刻石摩崖，便只能静静地收藏在典籍里。若是得幸有谁读过，三遍之内，就能深得圣心。反过来体味“醉翁之意不在酒”，无论是从前，还是现在，也包括未来，但凡有一百个人学习并应用，心中立意，五十人想着正途，五十人暗藏邪念。有个很逆天的故事，某医生对某病人说，以其病情再也不能抽烟，不能喝酒，不能打麻将。说完之后，又补上一声叹息，一个人只有一生，不抽烟不喝酒不打麻将那活着又有什么意思呢？欧阳修写在醉翁亭上的这话，很多时候被理解成类似意思。

话说回来，这也怪不得欧阳修。面对世俗的纠缠，经典往往被丑化得比世俗还糟糕，到头来世俗还是世俗，经典还是经典。在经典面前，世俗不惜使用硬暴力与软暴力。经典从不对世俗来几点硬性标准。经典的意义在于无法否认其经典性，也不在乎有没有人将其当作经典。十月二十五日在霸王祠见到的也是这样，英雄就是英雄，而不在乎别人有没有将其当作英雄。

“雨恨云愁，江南依旧称佳丽。”《全宋词》中只存入王禹偁的这首《点绛唇·感兴》。不用细品，不用多想，也不用再去读下面的词句了，凭这一句，就得叫一声，这词写的！

天下文人愿意与不愿意都是星月相映。苏东坡不去打理王黄州留下的竹楼，而专注于自家雪堂，也不是不对。雪堂的意义对后人来说也是莫大的，至少不低于王黄州的竹楼。星移斗转之事，首先要求彼此都是星斗。《黄州竹楼记》与《醉翁亭记》，正是星斗与星斗的比对，这样的比对并不是随便什么文章就有资格的。此时此刻，冒着大雨，冒着文人口舌之大不韪作这样的比对，实在是由于王黄州太过寂寥。醉翁亭中，二贤堂上，既然有人提起王黄州，就该经得起后人评说。

真的才情会将天南地北当成不同星斗。在那些小肚鸡肠的家伙看来，江南是贬谪文人的地狱。如果文人真如王禹偁写的“忆昔西都看牡丹，稍无颜色便心阑。而今寂寞山城里，鼓子花开亦喜欢”那种心情与心理，江南就成了真的地狱。同样是王禹偁的诗，如能自觉于“无花无酒过清明，兴味萧然似野僧。昨日邻家乞新火，晓窗分与读书灯”，莫说那时只有一个江南，就是有十个江南，也无一不是天堂。

这一刻，也在江南。

陋室门前听见过的秋雷一直没有再重复。

醉翁亭四周冷雨太像清明节气了。

我心却定要秋高气爽。

7 水的人文

又是下雨！又在下雨！

在九江浔阳楼下结束第一阶段对长江的行走，已经过去三个多月，第二阶段行走开始时，雨水又将满世界弄得湿淋淋的。一样的雨，一样的湿，中间夹着一场不一样的暴风骤雨惊涛骇浪。像是与苍天有了某种默契，那场大洪水对长江的洗礼，差不多就是第一阶段行走的从三峡到鄱阳湖这一段。母亲河之所以被称为母亲河，就在于她曾载着大水而来，惊吓了她本不想惊吓，又不得不惊吓的自家孩子一样的万物。天下母亲爱孩子从来爱得风调雨顺，但做母亲的总有生气的时候，有时候会冲着自己的孩子，有时候会冲着自己的家园！好在雷暴从来不会太多，再大的雷暴过后，日复一日的雨露甘霖才是母亲河被万世崇拜的魅力。

车过东湖，出了武汉，沿黄州、鄂州、黄石、黄梅，驶过宿松、太湖和安庆，行走痕迹延展之处，曾经有那么多的七月雷霆，那么多的七月怒涛，那么多的七月警报，在十月的一江两岸竟然很难找到其蛛丝马迹。没来得及收获的水稻穗子金黄饱满，是为生逢其时。要在严冬到来之前尽可能多一些收成的晚秋作物青翠欲滴，像是与日月争辉。看得见的荷叶是残的，但与洪水没关系，如若秋天来了还在绽放，那一定不是荷与荷叶的本意。闻得到的菊香是淡的,这也与洪水没有关系,今年的季节全部晚了好一阵，就连桂花都是中秋过去快一个月才芬芳起来。

江南江北秋意正浓，收获如金。水上水下清辉荡漾，舟船如梭。这才是母亲河，就像千家万户里的母亲，一边呵斥孩子,一边惩罚孩子,一边用更加浓烈的母性关爱孩子。

池州的大通水文站，建于一九二二年十月，过去、现在和将来，都是观测流了几千里的长江，到底承载了多少地表水流的最后一座径流测量站。集水面积一百七十万五千三百六十三平方公里。该站拥有从一八四二年至今长江下游陆上地形图。从大通往下，再有水文站，所测量的只能是潮流，而不是径流了。大通水文站还是万里长江上唯一一座向联合国教科文组织提供长江水情信息的径流控制站。

如此声名显赫的水文站，在当地却少有人晓得。问了几次路，从没有一个人说对，所有导航软件都搜索不到它的名称，错了几次，绕了不少弯路，才在黄昏到来之际，找到这座小小水文站。当然，对于水文站的人来说，也有不晓得当地声名显赫的物什的。闲聊时，说起徽菜是“轻微腐败，重度好色”，他们也一脸的茫然，不明白前者是指闻名遐迩的臭鳜鱼，后者是说徽菜极好用大量酱油。

说起来，真的不值得奇怪。几年前，水文站四周还是一片荒滩。如今四周有了高矮不一的房屋，江边上也多了一些钓鱼人。水文站的人站在通往江心的栈桥上，指着江滩上那个在黄昏中独钓长江的男人说，昨天有人在这里钓起一条两斤多重的鳊鱼。又说，昨天站里测得的所有水文信息，是用手机打电话往南京报的。南京那边觉得奇怪，随后打电过来问原因，为何不用自动上报系统。水文站的人说原因是有两台槽罐车将站外的电线杆撞断了。在这样的环境里,就算说两头牛将电线杆弄断了,也是合乎情理的。

几近荒凉，唯烟波最是知音的小小水文站，所得到的却是半个中国都想知道的与长江相关的权威信息。比如长江流域几个典型的最大洪水年份：一九五四年八月一日，最大流量为每秒九万二千六百立方米，而备受人关注的特大洪水年份一九九八年，最大流量为每秒八万二千四百立方米，二〇一六年的最大流量为每秒七万零七百立方米。当读到长江泥沙含量最大值为一九五九年八月六日的每立方米三点二四公斤时，马上联想到，那一年，正值所谓“大跃进”，全国上下一齐毁林烧炭“大炼钢铁”，自然生态受到严重破坏。当读到长江泥沙含量最小值为一九九九年三月三日，又不能不联想到，那是三峡大坝截流后的第一个早春。

至于最小流量为一九七九年一月三十一日的每秒四千六百二十立方米，相信也有其合理解释，比如像歌里唱的那样,在随后到来的春天,一位老人在南海画了一个圈。

世事也好，人生也罢，总是这样，于不经意间显现其貌不扬的真理。水文站测量的何止是水文，还有这世界的人文。比如，七月大雨时，有女子在自家小区门口打电话投诉水务局排水太慢。女子的行为招来铺天盖地的谩骂。又比如,一队军人在河堤溃口处抢险,乡亲百姓在一旁围观,所招来的谩骂更加猛烈。却不知这批判的背景早已天翻地覆。当年的乡村，麻袋是公家的，沙土是公家的，树木也是公家的，只要有事，只要有人发话，一切拿来用了就是。今天的情形变了，麻袋在私人商店是有价的，取土的土地受着各种法规的保护，自由生长的树木更是如同生命一样神圣不可侵犯。即便是自家的高级门户，也大不如当年用原木做成的门板,可以卸下来挡上几天几夜水。如今的门户，被水一泡马上变成一堆无用的垃圾。更何况高效的专业机械、科学的抢险手段，早已让曾经的人肉长堤变成十分遥远的童话。

站在大通水文站外那长长的栈桥上，从这里到长江入海口全长有六百二十四公里。很难想象，相距如此遥远，大海还能够用其无与伦比的雄浑，影响大通水文站这里的潮起潮落。特别是天文大潮时，落差可达半米。

天上没有雨了，那雨暂时全在长江里泡着。

一江大水，无论春秋，总是要向东流的，一江秋水同样还是向东流。

8 孤山二度梅

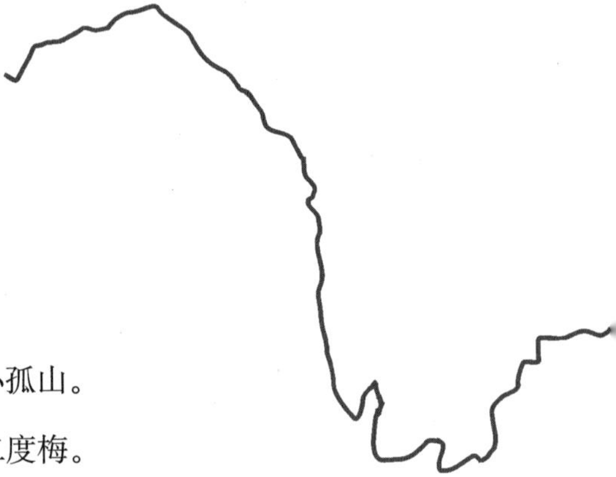

去宿松，为的是小孤山。

过黄梅，想的是二度梅。

眼看就要立冬了，天气预报说有强大寒潮明天抵达。长江中下游一带从来如此，夏季欲热先冷，冬季欲冷先热。一路上天气晴好，车内热得有些过分，不得不开起空调，而昨天这车里是开着暖气的。车到两省两县交界的界子墩时，想起三十年前，在黄梅参加一场黄梅戏调演活动，中间得空，也是经由界子墩到宿松闲逛，其古朴模样的小街，满街黄梅戏对白似的乡音，令人至今难忘。那一次，有朋友极力推荐去看看蔡山，虽然没有成行，自此心里就有一种信念，蔡山是黄梅戏最初的根源。

蔡山没有小孤山名气大，却承载着一首名气比小孤山大很多的诗。李白当年去庐山，途中泊舟蔡山下，写诗描述山上有极为险峻的楼，站在上面伸手就能摘下星星，所以自己“不敢高声语，恐惊天上人”。诗中之楼建在蔡山山顶，高如百尺的危楼名叫江心寺，可以摘星星的楼就叫摘星楼。

李白路过时，此山此寺此楼，尚在长江中流。岁月流逝，一晃千百年，也不知是哪年哪月，流量达到每秒近十万立方米的长江，稍一腾挪就向南跑到老远的庐山脚下，将海拔不过五十八米的小小蔡山，孤零零地丢在方圆百里的冲积平原上。与蔡山一样孤单的还有山上那棵梅树，凭着它一千六百年的香艳记忆，当然晓得自东晋至今，大江上下林林总总的变迁。只可惜那一千六百个华年尽数流逝后，独自存世的花与朵，让孤单变得比记忆更加沉默。世上千年梅花不少，冬天绽放了，春天又再次绽放的梅花也不少，一千六百年来，一千六百个冬天和一千六百个春天，都不曾不开花的二度梅，这世上仅存于蔡山上，古寺旁。

梅开二度时，头一番花儿映照冰雪是秉承自身属性。雪都落尽了，冰都融化了，还要再次绽放的花儿，一定获得了为人间才华作表达的灵性。这一想后，便禁不住拿起手机，与当今黄梅戏后杨俊，隔空聊了一阵。杨俊是当初红遍南北的黄梅戏五朵金花中的三姐，当年华丽芬芳的五姐妹，如今只剩下杨俊还在舞台上，用一己之力独自撑起黄梅戏虹霞。我们先聊的是那位黄梅戏后中的戏后，正如二度梅是梅花中的梅花。

一树晋梅，注定要成就地方上一段造化。

梅花重放，谁说不是为了一方黄梅戏水土？

明弘治《黄州府志》记载：“黄梅山，在县治西四十里，山多梅树，隋唐时，皆以此名县。”蔡山为黄梅戏最初的根源，道理就在于此：没有蔡山就没有二度梅，没有二度梅就没有黄梅地名，没有黄梅地名黄梅戏又从何而来？民国十年的《宿松县志》中，第一次出现有关黄梅戏的记载：“邑西南与黄梅接壤，梅俗好演采茶小戏，亦称黄梅戏，邑青年子弟，每逢场作戏时抑或有习之者……”

说起来宿松属安徽管，黄梅归湖北属，现实中几乎看不到天然分界，山为一体，水是同流。宿松三珍中的黄毛湖壳薄肉满的白虾、大官湖晶莹剔透的银鱼、龙感湖味鲜肥美的鳜鱼，同样是黄梅物产的奇葩。一九六九年六月至八月，宿松下雨一千一百四十八毫米，黄梅也平地波涛四溢。

一九七一年六月至八月，宿松下雨仅二十毫米，黄梅也旱得水井冒烟。一道长江大堤更是难分彼此，道光十四年两地一起修建同仁堤，是为现今同马江堤基础。光绪十一年，又合作筑泾江口外堤，全长二十余里。民国三年，再联合修建的马家港至华阳镇长江大堤全长更是达七十华里。

黄州府是黄梅县的顶头上司，上级数落下级向来宜正说不宜旁道。宿松是黄梅的外省邻居，邻居说邻居从来是谈笑风生，丑话当作好话说。黄州府官方文字无人计较，宿松说黄梅，黄梅也不计较，反而是宿松自己，从百年前暗讽邻居全是戏子，变为现今百般争辩，要将黄梅戏作为传家之宝。

前些时在北京参加一个会议，台上做报告的领导虽然用的是普通话，某些语调听上去如鄂东乡音，音韵如黄梅戏对白，当即网上搜索一下，果然是近邻宿松人。鄂东山前，皖西山后，有太多相同习俗，比如各地乡间没有不喜欢黄梅戏的，因为喜欢而形成相同的戏风戏俗。比如，村里人唠叨着要看戏了，就会托几个有名望的人抛头露面，议定相关事项，接洽戏班或剧团，然后用红榜公布。开锣之前，再选一个会武功的人领头，带些年轻力壮的人去搬行头，

小孤山

以防万一有人暗中捣鬼，半路上抢走行头，戏班或剧团来了，戏也演不成了。最过瘾的是唱对台戏，地方上总有些人好胜逞能，同时同地，各请戏班，各搭戏台，台口相对，各唱各的。谁接的戏班好，行头漂亮，演技高超，台前看戏的人就多。输了人气的一方若不服气，便会找各种借口挑起事端，为此常常引起械斗。不管地方官吏调解有效无效，来年的对台戏只会更精彩。对台戏是乡间令人爱得要死，又怕得要命的事，年年盼，月月盼，有对台戏看时，大家像过年一样开心，一旦打将起来，马上变得像鬼子进村那样惊慌失措。怕归怕，只要有对台戏，十里八里的乡亲都会蜂拥而至。地方戏事，关键是“点戏”，无论是写戏约定的主题戏，还是由地方头面人物点的戏，既要有自己的偏爱，也要照顾看戏的观众情绪，最重要的是乡情，比如，姓於的忌演《於老四倒瓦》，姓张的忌演《蔡鸣凤辞店》，姓陈的忌演《陈世美》等。上面几点做好了，皆大欢喜了，轮到最后的送邀台，家家户户按事先约定的，排着队将各种各样的物产堆放在戏台台口，那景象，比秋收时的丰产还喜庆。至于多情男女在看戏过程中生发的各种美妙，更是乡间平静生活中不可多得的梦想。

二度梅花开，不知演绎出多少悲欢离合，演化为一门艺术的唯有黄梅戏。天下文人莫不恋着梅花，在葳蕤自守、蒹葭浩荡的乡间，千年开不败的梅花，造化出众人尽皆喜爱的黄梅小戏，并在那梅香汇聚去处，开天辟地孕育出一位黄梅戏后中的戏后，也算是将天意百分之百用到位了。

历史与传说是一对互不买账的冤家，说起黄梅戏时却难得一致。都认定黄梅戏起源于黄梅县的采茶歌和其他民歌小调，萌芽于明末清初，那时的黄梅县境“一去二三里，村村都有戏”。孔垅镇邢大墩的邢氏家谱记载，黄梅戏后中的戏后、祖师奶奶级的名角邢绣娘，曾四次奉诏为乾隆献演，那一阵子江湖普遍传诵：北方梆子有二，黄梅调子无双。乾隆以后，《天仙配》《上天台》《打猪草》《夫妻观灯》等黄梅戏剧目广泛流传于以黄梅、九江、怀宁为中心的大江南北五十余县。道光年间，江西一位县令写了一首七绝，描述黄梅戏在当地流传的景况：“如何不唱江南曲，都作黄梅县里腔。”后两句让今人读来也觉得绘声绘色。

宿松也会说黄梅的那句口头禅：不要钱，不要家，要听绣娘唱采茶。一九五三年，宿松全县有乡村民间剧团一百六十三个，演员达四千多人。绝大多数剧团演出呈现“春紧夏松秋垮台，冬天又会搞起来”的状态。一九五六年四月，宿松县黄梅戏剧团赴武汉演出期间，与苏联乌克兰歌舞团同台联欢。让这一年的民间剧团登峰造极地发展至一百九十三个。甚至还排演了描写农村合作化时期发生在鄂东黄冈的真人真事的《刘介梅》。

有民谣唱着以邢绣娘为代表的黄梅戏旧时盛况：黄梅宿松姊妹多，不做生活专唱歌。然而，宿松最值得一说的还是黄梅戏历史上第一个具有明星气质的男主角方玉珍。清末民初，这位身为打铁匠，取了一个女性化名字的宿松小伙，带着擅长扮演花旦或青衣的弟弟，兄弟俩以夫妻戏和兄妹戏巡演于九江、武汉和上海，成就黄梅戏一代小生的美名。

一树二度梅，先前开的黄梅戏花叫邢绣娘，后来开的黄梅戏花有杨俊等人。这一点也是自邢绣娘之后，众多黄梅戏表演艺术家与黄梅戏娘家及流传的黄梅戏民谣仅有的关联。作为度过劫难重回舞台的当今黄梅戏后，杨俊的经历还可以是蔡山二度梅的另一种诠释。隔空与她说话，谈及从邢绣娘到严凤英，再到五朵金花，几百年间，常有不错的男主角，却一直不再有方玉珍那样领一时风骚的小生。杨俊回答说，黄梅戏唱腔是男女同调，男声能唱出女声那样的清高润扬，又不失才子俊朗风情、英雄洪武气节，实在太难了。黄梅戏后这话的另一层意思是说，如此小生只能寄希望于天降奇才，而不要企图培养与训练。

沿着宿松县复兴镇外的长江大堤走上几公里，小孤山终于越过高高的白杨树梢，出现在蓝天白云之中。记忆中，曾经乘船顺流而下时，走的小孤山南；逆流而上时，轮船行驶的方向是小孤山北。二十多年不见，载人的汽车居然一个刹车就能停在小孤山的山脚下。

孤峰还是孤峰，却不再是诗书文章所说的屹立江心。绕山一周还是一华里，却分成水上与陆地两部分。更不好意思的是，一路走来在心里做了各种预案，如何涉水上岸，登上古往今来一直尊称的长江绝岛，眼见着的只是一座半岛，与千重波折、万顷浪荡毫无关系。一如二度梅开，天使黄梅戏后，用邢绣娘与杨俊那样的碎步走着，还诗意地甩着水袖，都能到达与启秀寺共进共出的山门。幸亏七十八米的海拔高度没变。隔着长江与南岸的彭浪矶相对相望没变。再往稍远一点的东方，与战争史上声名赫赫的马当要塞互为掎角也没变。孤山虽小，历来誉作海门天柱，大禹治水，始皇东巡，圣者刻山彰显，帝王勒石纪功，一前一后都曾写下“中流砥柱”四个大字，除了仅存的典籍，见不到半笔真迹与功名。山石之上，岁月远古，沧桑也改变不了的是小孤山对洪荒的傲立见证。

纵然有了遗憾，小孤山依然不缺少世间罕有的不凡。上到凌空江上的观海亭，刚一放眼，就觉得扑面而来的不是长江，而是真的从东海滚滚而来的大潮。那说海潮之于长江如何的白话与诗文，归根结底，全都落实在小孤山上，界潮祠前，万里长江独一无二地刻着的一句话，仿佛是为天地做告示：“海潮止小孤山为界！”还说修建界潮祠是为了让山川灵气变得更多更美妙。唐朝人曾经写过相关诗句：浔阳江上不通潮。浔阳江口，就在小孤山上游不远处，天气极好时，甚至有可能看到浔阳楼的影子。江风颤颤，海潮微微，面朝东方可以观察大海潮起潮落的身影，转过身来向西，就只有从春流到秋的江水了。这样的时候，孤单了亿万年的小孤山，硬是逼着水面形成一只人所共称的海眼，是小孤山的心性，也是小孤山的力量，除此再无他物能在不动声色之间，将这世上最大的河流轻轻一扭，悄悄一拧，奔腾不息的江水也好，到此为止的海潮也罢，全然化作一座巨大漩涡，将天地人间看了一个透彻。

曾经有过一种说法，上面有最高的天，下面的一切当然就是小了，旁边没有别的山做任何比较，怎么说也只能是个孤。小与不小都不要紧，要紧的是不是孤。这样的话，说的是云天旷野，一旦参照到血肉生命的历史，比如虽然不在长江之上，却也相去不远的烽火山。一九三八年七月二十七日，侵华日军久攻此山不下时，竟然像魔鬼一样施放毒气，使得坚守在山上的五百名壮士惨死，附近山下三十多户一百多口人也无一人幸存。这样的山，无论是小还是大，在历史的纪念中，永远不会孤独。

看够了小孤山上的江水与海潮，下山后再回望小孤山的奇险孤秀。偏偏这时，不远处飘来一句黄梅戏，让斜阳照耀下的小孤山平添些许人生气韵。山川江海如果是一曲大戏，这小孤山岂不正是黄梅戏数百年来屡屡寻找不得的当家小生！这样的念头不必与任何人说，完全是个人内心在问答。从邢绣娘到严凤英到杨俊，在她们的艺术生涯里，肯定有一位硬朗峻拔的搭档潜藏在心曲里。就像这小孤山，在黄梅戏故乡故土之上，如此雄阔壮烈峻峭，早就浸润在任何曲调的最深处，不必再去追寻任何一种外在的形式。

那句水柔无骨的话，是何等的傲慢与偏见！一座小孤山，将亿万年如歌流水本质展示了些许。水的傲骨，本不需要用小孤山来说。就像人等，一直惦记黄梅戏后之外，是否还有黄梅戏王。人世俗了，非得雌雄对等，王后平均，世间之事本是有岛没岛江水都要会长流，有泉没泉青山总是长在。置身天地，就不要去想那个孤字。面对江海，最好别多想什么小不小的。做一棵树，就要像二度梅，尽一切可能绽放一千六百年，甚至再绽放第二个一千六百年和第三个一千六百年。只要长江还在奔流，一首小曲，就该努力像黄梅戏，唱成蔡山！唱成小孤山！

9 浔阳一杯无

一座浔阳楼是由大江大湖大山大水堆积起来历史的遗憾！

除去遗憾，浔阳楼名声就会更小。九江来过多次，浔阳楼旁边那座锁江楼与文峰塔，都曾上去走了走，近在咫尺的浔阳楼却似无缘一样，一只脚伸到旁边了，也不肯将另一只脚迈过去。在长江边出生，对长江边的一切都有兴趣，偏偏这浔阳楼，总不能留在心里。没有别的原因，全是太不喜欢《水浒传》中的那个黑矮胖子。

第一次读《水浒传》，黑矮胖子这词就令人心生不快。《水浒传》这书本不值得多读，那些人物故事，一遍下来就有七八分印象，再读一遍不仅不会达到九分十分，反而会走向反面，让人越读越糊涂。譬如，为什么要让真好汉

浔阳楼下

晁盖轻而易举死去？这黑矮胖子分明是个吃着碗里，盯着锅里，凡是好处都不想放手的贱骨头，所有本事无外乎玩弄权谋，算计来算计去，反而将自己算计成强盗头，虽然勉强却还是大权在握地做了一百多名好汉的主子。晁盖是湖口与长江四围博大的原野，当强盗就当强盗，有志愿也只是想当绿林英豪。这黑矮胖子充其量是湖口与长江中间那座在急流之上左右逢源，洪水来了吃洪水，清水来了吃清水的小小江洲。

这一次终于上了浔阳楼，凭栏四望，感觉造化弄人，这么好的景致，在九江做过官的白居易为何非要等回洛阳时才写诗呢？当初在九江时，为何不将写给本地朋友刘十九的那首绝句“绿蚁新醅酒，红泥小火炉”，写在这浔阳楼上呢？更别说那首感天动地的《琵琶行》，如果浔阳楼上的白居易不是题了一首相对平庸的《题浔阳楼》，而是有了这绝妙的《问刘十九》，或者索性用惊天地泣鬼神的《琵琶行》，后来的黑矮胖子，就会心知肚明，自己一没有在这楼上题诗的资格，二没有在这楼上撒野的胆子。

当年黑矮胖子被官府发配来此，看见一座酒楼牌额上有苏东坡大书“浔阳楼”三字。黑矮胖子上楼凭栏举目，

“端的好座酒楼，雕檐映日，画栋飞云。碧阑干低接轩窗，翠帘幕高悬户牖。消磨醉眼，倚青天万叠云山，勾惹吟魂，翻瑞雪一江烟水。白蘋渡口，时闻渔父鸣榔；红蓼滩头，每见钓翁击楫。楼畔绿槐啼野鸟，门前翠柳系花骢。”黑矮胖子看罢喝彩的一派江景，如今只是水面窄小了些，雕檐画栋换成了满城霓虹，渔父钓翁野鸟花骢等也各有替代之物。就连黑矮胖子后来凭着酒兴题写反诗的例子，也能从楼后的庐山上找到新的翻版。

那黑矮胖子一杯两盏，倚栏畅饮，不觉沉醉，思想自己三十大几了，名又不成，利又不就，倒被文了双颊，发配到此，如何与家中老父兄弟相见！不觉潸然泪下，临风触目，感恨伤怀。见白粉壁上多有先人题咏，不禁也动了舞文弄墨念头。黑矮胖子喝酒之前的想法，哪有丝毫想造反的意思,所有变故也就是男人的面子问题。为了一点虚荣，最后闹得血雨腥风的事，诸如此类，古往今来数不胜数。

浔阳楼在长江南岸，北岸的龙感湖，古称雷池，那句不敢越雷池一步，说的就是这地方。在黄鹤楼那里，面对崔颢题诗，李白尚且知道眼前有景道不得。浔阳楼上，若白居易亲笔题写了，能饮一杯无，那黑矮胖子只怕连喝酒的兴趣都无了。再加上相逢何必曾相识，那黑矮胖子也许会醍醐灌顶，邀上黑旋风与花和尚，上五台山做了真的出家人。那样的浔阳楼就会成为黑矮胖子人生的雷池。

因为这些都不存在，黑矮胖子才敢寻思，磨得墨浓，蘸得笔饱，在上面写些文字说，倘若他日身荣，再来重睹一番，以记岁月，想今日之苦。对黑矮胖子的不喜欢，最是他在那白粉壁上写的头两句：自幼曾攻经史，长成亦有权谋。恰如猛虎卧荒丘，潜伏爪牙忍受。这酒后吐出来的真言，直教人脊背发凉，胸口冒着冷汗。想想自个身边，若是藏着如这黑矮胖子一般的家伙，不定什么时候就会用那权谋加爪牙，将别个的人生弄得一塌糊涂，在家就会家不安宁，在团队就会团队不安宁，在哪里就会哪里不安宁。最是黑矮胖子力不胜酒时，还记得与酒保计算清楚该付的银子，还将多出的碎银赏给酒保。醉到如此程度，还丁点心计不少，像古人说的久假成性，这黑矮胖子着实太可怕了。

在浔阳楼上，想这叫宋江的黑矮胖子所题反诗之过程，总觉得其人品人格，远不及庐山上那个写下万言书的大将军。即便黑矮胖子后来觉得不过瘾，又攀上“冲天香阵透长安，满城尽带黄金甲”的天下第一反诗，加以“他时若遂凌云志，敢笑黄巢不丈夫”的俗句子，怎比得了大将军的“谷撒地，薯叶枯。青壮炼铁去，收禾童与姑。来年日子怎么过？请为人民鼓咙胡”！黑矮胖子再怎么说，也不过是为着个人私利，如果管着他的那些人也能抛开个人私利，稍多一点宽容，笑一笑，挖苦几句，讥讽一场，由着他发牢骚去，酸溜溜的话说得再多，也掀不起大风大浪。

事实上，遇上一点事就想着反了的，看上去十分痛快，归根结底于人于己都是一种破坏。成就宏大事业的最好方式是改正变好而非打碎破坏。改变会让世界越来越宽厚，越来越宽容，不会损毁既往与当下社会资源的积累。总是反了反了的，一旦真的反了，必定不分好歹地抢先破坏妨碍反了的一切,而不管历史之下还有休戚与共的芸芸众生。

小人最爱与小人过不去，因为小人与好人过不去时，好人往往会忍受再忍让，让小人闹腾不下去。小人与小人过不去时,小人之间互不相让,各自将最不堪的手段亮出来，一点屁事也会闹到九霄云外。黑矮胖子与对手正是互为小人，才将彼此逼成水火不相容。这样人格低下的反了，其实质与狗咬狗差不多。古往今来，太多反了反了反了，没有哪一个反了是百姓获利的。相反，一旦反了，百姓的日子就会陷入水深火热之中。彭大将军洋洋万言，区区六句，没有一个字是为了自己，一笔一画全是舍身为民。这样强烈要求改变才是民族进步的大仁大义。

白居易之所以没有在浔阳楼上写下自己最想写的诗文，一定是预感到身后将要发生之事，早早断绝后来者将自己与那不屑之人牵扯到一起的念头，不使自己名节有惨遭污损的可能。只可惜了苏东坡，无论当初是否真的题写过浔阳楼匾，反正已被人与那黑矮胖子捆绑到一起了，这偏偏是苏东坡最不屑的。想那“天涯何处无芳草”是何等境界，怎么会欣赏因为功名利禄而杀人越货的江湖浪人？

相逢何必曾相识，同是天涯沦落人！没有这般人生际遇，天下有名楼只不过是一种强说。

晚来天欲雪，能饮一杯无？缺了这境界，世间无比酒的招牌是亮不起来的。任凭从前的店小二，现在老板娘如何叫卖，不如且行且珍惜地来一杯啤酒！

10 水边的钢铁

“汉冶萍”这概念在个人历史上出现的时间不算长。

如此重要的近代中国文明史没有及时出现在一代人的成长过程中，实在遗憾。好在这样的遗憾还有弥补的可能。

在我的那些描写鄂东的小说中，常常不经意地提及长江边的小镇巴河，以及另一个更小的兰溪镇。鄂东那一片大山里的物产，经由两条大河，到达这两个小镇后，下一步就会横渡长江，进入到黄石的市场中。“汉冶萍”也在黄石，这地方，曾经是比远处一切大地方更为真实的地方。先说袁仓煤矿，小妹的保姆家的儿子，参加三线建设后，从兰溪过江到黄石，被安排到那里当工人后，头几次回老家，提亲做媒的都快挤破门。再说黄石最有名的大冶钢厂，有同学姓张，父亲在那里也是当工人，同学的脚长大后，父亲送他一双白色帆布劳保靴子，一起打篮球时，场上其余九个人都怕被那靴子踢着，只要他起了三步上篮，所有人都躲到一边，让开大路由他直取篮筐。还要说说黄石锻压机床厂，上高中一年级那年，县城里有一大群十五六岁的高中生被那家工厂招了工，之后时常成群结队地回来，穿着那家工厂的蓝色工作服，蹬着劳保皮靴，一个个神气得就像现今的明星。

对黄石的深刻印象，还在于现在很少有孩子喜欢的港饼。那时，每逢过年，家里的孩子就会分到一只港饼，外面是芝麻，里面有馅夹着冰糖颗粒，嚼起来咔嚓作响，要多惬意有多惬意。

长江流向东方，黄石是其重要的节点。这一段江面宽阔，水流舒缓，而且深度还足够，但凡能在长江上行走的船只，都有机会靠港。

那时候，还有一种怪念头，为什么黄石在江南，而不像黄安、黄冈、黄梅那样全在江北？黄石真实的模样，直到一九七七年受工厂派遣，到袁仓煤矿调查一件事情，既赶上天晴，也赶上下雨，从天到地的黑乎乎，让我有些不敢相信自己的眼睛。那时候，我已知道，这地名中的黄字，皆因那地方有黄色的表层土壤或者石头。那一次我对同行的长辈说，黄石不应该叫黄石，应当叫黑石。

在民族历史的惨痛记忆上，黄石真的可以叫作黑石。

历史中的黄石，最著名的还是“汉冶萍”。由近代中国工业文明之父张之洞亲自创立的汉冶萍公司的兴起与没落，就像是黄石曾经遍地的矿石与矿渣，集民族荣耀与民族耻辱、资源富足与资源枯竭于一身。足以代表近代中国的兴衰与荣辱的“汉冶萍”是用钢铁铸成的，也是用血汗凝成的。这些年说“汉冶萍”荣耀的人很多，“汉冶萍”那噩梦一样的耻辱却少有人提及。一九一一年至一九二五年期间，受到不平等条约的制约，日本钢铁垄断资本以比国际市场低得多的价格从汉冶萍弄走生铁八十九万余吨，铁矿石近千万吨。其间正逢第一次世界大战，国际钢铁价格暴涨，日本却以极低的合同价掠取生铁二十余万吨、矿石一百五十余万吨，日本八幡制铁所依靠所获暴利实现了第三次扩充计划，钢产量实现成倍增长。在国民政府管治时期，汉冶萍公司完全被日本所把持，一九二八年四月，日本当局制订了“关于汉冶萍公司今后措施方案”，决定“公司之事业，今后仅限于矿石之采掘与出售，终止生铁生产”，

汉冶萍新貌

将中国第一家钢铁联合企业变成专为日本提供钢铁原料的企业。一九三八年十月，大冶沦陷后，大冶铁矿彻底沦为日本重工业原料基地，一九三八年至一九四五年先后运往日本的铁矿石达四百二十七万七千六百吨，成为支撑日本发动侵略战争的重要军需物资。

也是因为惨痛，毛泽东才说起一句名言：就是骑着毛驴也要去大冶钢厂看看。

在“汉冶萍”旧址与相关人员闲聊，说起钢铁概念股票，他们自豪地为我们介绍，在“汉冶萍”旧址上兴起的大冶钢厂的股票，在本行业一枝独秀，并遗憾我们错买了别的钢铁概念股票。如今大冶钢厂所生产的特殊钢，是国内顶尖行业必需的，又是国际上任何一家钢铁企业对中国实行实际上的贸易禁运的。还有其他诸多方面，作为承接“汉冶萍”历史的钢铁企业，应该是一个民族从没落走向兴盛的见证。

“汉冶萍”旧址上还留有一座水塔，人说是日本人修建的。从八十年前一直使用到不久前，因为换上国产的阀门才不能再用了。说者无心，听者有意，这平常的话，让人觉得很不舒服。走近水塔，站在两只国产阀门前。换了别的东西，我不敢说什么，因为在阀门厂当了十年车工，因为当车工时所加工的阀门正是这种普通的单闸板与双闸板样式的，两只阀门是两百毫米口径的，这也是当年自己工厂的当家产品。可以负责任地说，这个世界没有使用八十年而不磨损变坏的阀门，也不可能有八十年中不曾拆换的阀门。要么不用，要么使用。就像汽车轮胎，不使用的阀门也会氧化与变形，只要使用，作为密封的两个金属面就会磨损，一旦磨损了就会漏水漏气，就得及时更换。人说修建这水塔的红砖也是从日本运过来的，自己这里的红砖建不了这水塔，还说日本人建的输送冶炼原料的栈桥用炸药也炸不垮等等。这些说法的流行，比资源掠夺更可怕！天下哪有这等事！不用去远，就在汉口老街上那些用先辈双手制造成的红砖建成的房子，哪一所不是百年以上历史？那没有炸掉的栈桥分明是有意留下作为文物的！对人来说，可怕的不是财富被掠夺，而是文化意志的屈从，这才是莫大的耻辱。

侵略者最为得意的肯定是文化的奴役，文化的奴役则表现在文化的自卑。

小时候，乡村中人对黄石这类大地方同样存有文化的自卑。在同一民族之内，这样的自卑比较容易得到化解。在侵略与被侵略者之间，在侮辱与被侮辱者之间，那种表现为自卑的言行，于人性深处是情怀与思想的麻木。

对一个国家来说，钢铁企业的荣辱就是每个国民的荣辱。

对一个人来说，所面对的日子才初显安逸，便对往日的血泪史信口开河，胡说八道，有可能是另一场灾难的前奏。

11 仁可安国

小时候生活在山里，总听爷爷说长江的事，爷爷说的那些长江事，重复的最多的是黄州青云塔。爷爷这样说话，是希望他的长孙不要忘记自己的家乡在哪里。那时候我是见过青云塔的，只是没有记住，没有记住是因为根本记不住。我最早见到青云塔时是在一岁之前，这样的年纪，哪怕母乳的味道也是记不住的。爷爷说，万里长江在黄州城外绕了一个急弯，这青云塔的修建，是要用高望之物来平复长江弯拐得太急带给黄州城的种种风水不利。

沿长江一路走来，只要是大拐弯的地方，总会有人将自己的意志强加于斯，可见爷爷的话是有来头的。

始建于明万历二年（公元一五七四年）的青云塔，一直在黄州城。二十岁时，自离开黄州城第一次回来，留在

“骑马关山门，鸣锣开斋饭”的安国寺

记忆中的青云塔是在城外，三十岁时再次见到青云塔，已经是在城内了。这么长的时间里，却一直没有到这塔的跟前去，直到六十岁了，才走上这青云直上的全楚文峰之塔。年轻的安国寺住持陪着，也不知崇迪和尚是从哪里统计的，脱口说出，青云塔建立之前的明朝，黄冈一带只考中进士四十五人，建塔之后，明朝时考中进士二百七十六人，到清朝考中的进士达三百三十五人。

仰望着塔，我做了一个加法，将明朝前后的进士加起来，与清朝的进士数相比，二者并无明显差异。为什么还要如此表述，这中间肯定存在另一种东西。

黄州城内还有一座石塔，爷爷在世时，从未对我说过它。是我重回黄州之后，自己发现的。石塔建在东坡赤壁内，立在世所闻名的二赋堂南墙外。从发现这座石塔起，在公开场合总听人一说石塔与苏轼相关，二说与安国寺相关。与苏轼相关是因为苏轼的到来，旧黄州的陈腐就被新黄州的文采取代。因此黄州人爱苏轼，爱苏轼的诗词书法，并进一步爱上街头飘荡的每一张废纸。而安国寺的僧人又是此中杰出代表，为了爱苏轼，为了爱苏轼的诗词书法，安国寺的僧人每天早上都会上街，将各个角落的各种有字迹的废纸，收集到一起，送到东坡赤壁二赋堂南墙外的石塔里焚烧。所以，这石塔实在是一座古老的焚纸炉。

这样的故事讨人喜欢。但是，有一天，我找到了这个故事的真相。说是真相，其实就是没有真相。没有真相的真相是，这个故事在现实中从未存在过。故事的出现全因为那位叫丁永淮的苏轼研究者的杜撰。丁先生之所以要杜撰，也是由于这石塔的真相过于不堪。作为研究者，丁永淮先生从方志史料中找到这石塔的出处。清朝时，黄州城内出了一个放荡的寡妇，因其声名败坏，家族深感耻辱，不得不祭出家法族规将其处死仍不解恨，就修了这石塔镇着压着永世不许超生。在黄州与丁永淮先生相处时，听他多次说起这事。丁先生爱苏轼心切，而这石塔不仅建在东坡赤壁之内，更立在二赋堂旁，又不能拆除，这才另起炉灶重新创作一个关于石塔的故事。

在历史与现实之间，长江流水之上，这样的事有许多。譬如三峡中那美妙绝伦的桃花鱼，传说是昭君出塞，离别家乡时，一把眼泪、一把鼻涕哭得很伤心，那流下的鼻涕掉在水中变成了桃花鱼。一位喜欢舞文弄墨的当地人，觉得鼻涕太丑太难看，有损天下第二美女的形象，便改为是昭君的眼泪滴入水中变化的。这样的改变，合情合理，令人敬佩。也有让人恶心的。譬如三国时期赤壁大战那事，后人总也免不了追问，在冷兵器时代，曹操的千军万马南下本欲夺取江南吴国都城武昌，也即现今的鄂州，却要绕到上游数百里的荒野处渡江，而江那边是更荒的荒野，三国过后多少年才有了地名的赤壁，这一点也不符合冷兵器时代，最经济的战争策略是两军直接面对，兵对兵、将对将、刀对刀、矛对矛地分出胜负。想不到近几年竟有人借着创意经济弄了一个创意，说是当年曹军在此发现一条翻过幕阜山，直插时名柴桑再叫九江的小道，所以曹操才决定在此渡江。这样的创意也太肆无忌惮，连起码的常识也不要了。放着武昌不攻打，却要翻越拎着打狗棍都难以通过的崇山峻岭去攻打上不巴天，下不巴地，且远在千里之外的柴桑，这也太不把别人脑子当人脑子了。

青云塔边，那座因为苏轼而在文学史上留下盛名的安国寺正在有序复建，虽不会回到当年骑马关山门，鸣锣开斋饭的规模，也不会再在寺内设四里凉亭和五里凉亭，苏轼的文学精神却是要恢复其中。苏轼有名句：飞流溅沫知多少，不与徐凝洗恶诗！恶诗虽然没有恶人那样遭人愤恨，却比恶人更坏，因为这样的坏是披着诗的光彩，最能妖言惑众，损坏人世间的文化伦理底线。在苏轼的黄州，重要的是传承一个仁字。无论传说与否，青云塔修建的用意与结果都是为了一方百姓，且不会对任何其他有所妨碍。哪怕将明清两朝数百名进士的出现归功于石塔，也是借石塔之名，彰显文情、文采与文化。二赋堂边石塔故事的修改，也是因为一个仁字。一个寡妇哪怕再多几段私情，也是人性使然，断不可为了他人名声而要了她的性命。相反，用石塔来说说黄州城对诗和诗人的喜爱都到了如此地步，才是这座古城和古城所有人的荣耀。不要小看了仁字，也不要不在乎仁字，更不要有意无意地糟蹋了这个仁字。

须知仁可安家，仁可安城，仁可安国。

12 又上岳阳楼

这是第三次上岳阳楼了。想来却奇怪，每遇楼上道道飞檐、盔顶和楹柱，总会生出初临之感。也许正应了“云江北、梦江南”这句民谚，两湖比邻，文化同属古楚，来湖南，就如同寻根访祖了。

远眺洞庭碧水长天，空怀沧溟辽阔无际。

其实，天下各处名楼，都隐匿有各自沧桑的源起，如同人，都对应着不同的命运。岁月倥偬，时光如尘，多数来历亦真亦幻，却归于了一统，或位列神话仙班，或藏于人云亦云。岳阳楼也无法僭越这种宿命。建造年代已无可考究，建楼者更是无从谈起。不过，后世重修者大多为当朝历代精英，早已彪炳典册，有迹可循。至于那建构一梁一栋的工匠，啸聚于精英们的盛名之下，只能成为历史无尽的猜度、疑问，等同虚无。就像身边的洞庭，人只注目湖水的浩渺博大,谁还在意那一点一滴呢？历史的不公正，于此可窥全貌。此为题外话，说修楼人。

溯至三国，史载首修岳阳楼者，是东吴大将鲁肃。鲁肃为人豪侠，谋勇于当时乱世中卓尔不群。早在诸葛亮初出茅庐前七年，就曾预言天下必将三分。历史的残酷，于诸葛身上又得以鉴证。煌煌一部章回体小说《三国演义》，把“三分天下”的天才眼光，就这样硬生生移植在孔明头顶，造就了中国文化的智性传统。文化的强大，连历史往往也只能自叹弗如。

鲁肃在当时叫巴丘的岳阳地界上大兴土木，修缮当时未曾得名岳阳楼的城楼,并不出自文化考量,只因战事所需，用以检阅和训练水军。于是，岳阳楼的前身，不图享乐以博美人眷顾而奢靡，也不为王权折腰而浮华。这楼，其沉郁之气，因与战争如孪生兄弟般同时降世，就如此钦定下来了。

时过五百年左右，至公元七一六年，岳阳楼等来真正懂它的人，没落权贵、被贬中书令张说。比之鲁肃，张说对中国文化的影响要小很多，但在唐开元年间武则天主政

微波洞庭

期，张说却是公认的文坛领袖。从现今留存下来的《全唐诗·四月一日过江赴荆州》里两句，“比肩羊叔子，千载岂无才”，就可管窥张说并非浪得虚名。张说被贬，祸起仗义执言，不做伪证，敢于当朝顶撞武氏内宠。好在历史总会在阴差阳错间，留下些许幸事。“伪证案”没给张说引来灭族杀身的横灾，却给岳阳楼带来了重生。

谪守岳阳的张说，开始了扩改鲁肃阅军楼的宏大工程。先名旧楼为“南楼”，后正式定名为岳阳楼，整日里与一群文人雅士在楼上饮酒作诗，赏湖观景。实在无法想象，一个被贬谪的朝廷命官，一个失败的男人，在洞庭湖上，面对被雨打风吹近五个世纪的一座残楼，面对被惊涛骇浪濯洗拍打了快五百年的一座老楼，修葺整改岳阳楼如凤凰涅槃重生之时，不以沉郁为底色和檩木加入打磨、构架，难道会为那道道飞檐、盔顶和廊柱，抹上层层浮光？

“昔闻洞庭水，今上岳阳楼。”湖与楼的相得益彰，如老友故旧，端坐于云谲波诡的中国历史长河中经年交谈，以心换心。浩荡的气势与悠久的内涵，使岳阳楼成为唐以后文人墨客的心灵栖息地，孟浩然、李白、杜甫、白居易、刘禹锡……或贬谪，或流亡，或失意，或落魄，心怀沉郁之气，饱尝家国悲愤，于此登楼，于此吟诗，于此作赋。至盛唐中叶，岳阳楼已然成了传统文化里的特殊符号、意蕴和象征，借以抒发忧国济世的感念、理想。

如此说来，我们的文化、历史，包括传统，似乎是因贬官们的创造才得以继承。其实也不难理解，贬官失宠，跌宕，孤苦、孤单，以至孤独，恰巧掰开了文化、历史和传统的内核；贬官在外，鹤野云闲，亲近自然，寄情山水。于是，文写了，词赋了，且性情感喟大多真挚。人因文立，文因人诵。历史有了，文化有了，传统也就立起来了。北宋庆历四年春，同是贬官的滕子京，在岳阳楼也是走此老路。谪贬到洞庭湖边的第二年，便集资重修，并“刻唐贤今人诗赋于其上”。大约滕氏觉得自己被贬得不够远，也不够狠，或许自知才华有限，便想起另一位贬友，远在千里外的邓州地方官范仲淹。

终生未登岳阳楼的范知州，仅凭滕氏遥寄书画一幅，想象，还是想象，就借楼写湖，凭湖抒怀，当然，也只如此经历过从极乐到极忧的贬官，才有了比从未上位的平民和从未下位的权贵更加深刻的忧乐体味，而留下了千古流传的楼记：“先天下之忧而忧，后天下之乐而乐！”从此，世间就有了从未有过的洞庭水映岳阳楼的胜景。中国文化的吊诡和奇妙，于《岳阳楼记》里展示得淋漓尽致。

13 汨罗无雨

时值雨季，气象台预报有雨，肯定会有雨；气象台预报无雨，也有可能下雨。偏偏这一天，气象预报说有雨，却没有下一滴雨。

端午的天很蓝，端午的太阳很灿烂。

汨罗江上，丝毫没有云愁水浊迹象。

甚至相反，江面上旗很红艳，江两岸人很快乐，水清得能将三十几条胜过云霞的龙船变成六十几条。

雨在昨天就下过了，从离秭归、离九畹溪、离乐平里最近的宜昌出发时，大雨便不离不弃一路跟随，直到听懂了我们要来汨罗江。大雨变成小雨，小雨变成大雨，有雨变成无雨，无雨又变成有雨。我们的意志不曾动摇，那雨却开始摇摆不定了，大的时候，惊心动魄，小的时候，润

汨罗江边的风景

物无声。沿荆江，过洞庭，眼看就要抵达岳阳楼，那雨终于不再如影相随，前前后后的模样太像饮食男女的犹豫不决。雨的样子像是说，故乡已为屈原流干了能够流出的泪水，再无泪水可流。此去汨罗，没有了雨和泪水，该如何表示对故人的痛惜之情？

没有雨，没有雾，没有雷声，只有一声声喇叭在叫，再排演一遍，还有排演时单调沉闷无力的鼓点。此时此刻，还是有雨来临为好，冒着雨，努着力，就没有机会想着娱乐，而枉费精神。那些说是为了祭祀三闾大夫的龙船，如果有雨，也就看不见桨手的表情，也就将漫山遍野的雨丝当成从鼓手到舵手整条龙舟的表情，更不可能额外地选择一朵愁云衬托我们的心情。

没有苦雨当哭，没有沉雷长长。

阳光灿烂，暑气飞腾，舞台上有人独唱《离骚》，也有人在领诵《招魂》。

还没有放假，端午小长假要从明天才开始，大小道路上已变得如过年一般车水马龙。汨罗本地，早将端午节当成与春节、清明同等的必定回乡的重要节日。清明是要返乡祭祖，春节必定回家团圆。汨罗江两岸村村都有龙舟，每逢端午，青壮男人都会从千里之外赶回来，吃几颗清水粽子，洗一场艾叶汤澡，即便是没有想起屈原，心口之中也没有吟诵诗章，但仍会纷纷操起木桨，一队队结伙去到江上划起龙舟。汨罗江上“宁荒一年田，不输一轮船”的节日精神，想必相同于“慢啭莺喉，轻敲象板，胜读离骚章句”；“荷香暗度，渐引入陶陶，醉乡深处。卧听江头，画船喧叠鼓”，宋时人们尚且如此，又如何要求今日今时！

这是第一次来汨罗祭拜屈原，我有理由让自己显得肃穆；相同的原因，我无法让自己尽是娱乐之心。如果能读得屈子祠墙上的碑刻，就会发现托寄三闾大夫灵魂的屈子祠，也有被淫僧沾染的时候。这或许正是屈原的宿命，精于政治而被政治所毁，因为忧国忧民而死于忧国忧民。那漫漫之路哪里是求索，分明是君子舍身。同样的端午，本是因祭祀而成节日，又因为节日被拖累为满天满地的喜庆。

天不下雨也罢，只要心里湿润也行。谁会将两千三百年前的悲伤，用一滴泪水流到如今？连天地都不过如此，否则这时节，就该是雷鸣电闪暴雨倾盆。龙舟再多也载不起屈塘中的悲壮，粽子连天仍不及屈塔耸立的意蕴。从唐玄宗开始，八大帝王不断追封屈原为忠烈侯、忠洁清烈公，直至被清康熙尊为水仙尊王，身后获得如此厚待，竟与孔子平齐。与华而不实好大喜功的皇帝相比，以个人之品格到屈子祠前三叩六拜九揖，聊表襟怀已是了得，如若真要当真，还不如转过身来，用心雨之笔写下心语：

八帝追封，纵然与孔圣齐名，不如离骚总天问；

千帆竞渡，只为个忠魂沉冤，从此汨罗永怀沙。

14 走读第四才子书

在陌生的山水间行走，突如其来地遇见先贤，是一种极为特殊的事件。那感觉与滋味不是兴奋，也不是震撼，完完全全是一种在今生遇见自己的前世，在前世遇见自己的今生般的错愕。汨罗江上游的平江离武汉不算远，有几位朋友老家正在那里，平日相聚，从未听他们说过。而我去到岳阳的次数在各历史名城中也是最多的，每次到岳阳无论是见到文坛朋友，还是其他什么人，包括那些家在平江的人，都不曾提及杜甫于公元七七〇年去世后，就安葬在一山之隔的平江。这一次来汨罗江下游访端午、祭屈原，在岳阳住下后，忽然听人说起，就像被某种东西触动神经，仿佛心中不敢相信，又不能不相信，有那么一阵子，不知说什么好，然后还要反问，这是真的吗？

中华文化中更有一种备受尊崇的传说，凡是天造地设由东向西的河流，命中注定不会平凡。譬如湖北枣阳的滚河，在曾随国号谜一样气氛下，随手从擂鼓墩大墓发掘出来的曾侯乙尊盘、曾侯乙编钟等一系列的国宝器物，就惊世骇俗了。汨罗江也是一条由东往西流淌的大河，仅仅屈原投江就足以流连于历史，再加上死于斯葬于斯的诗圣杜甫，不要说汨罗江将居何等地位，这天空的雀鸟、地上的禽兽、水里的鱼虾，都会平添许多文气。

五月初五，刚刚在汨罗江上祭屈原。

五月初六，又溯汨罗江源参拜杜甫。

只在那墓前稍一伫立，心头疑问，世上疑云，忽然尽数散去。墓前三五尺见方的一池洗笔泉水，像慧眼一样将千古文章、百代人世映照得一清二楚。虽然这也是历史，又与历史大不相同。对望之下，横一道小小水纹，正是感时花溅泪；竖一条微微风波，实为恨别鸟惊心。长草荒荒，小路弯弯，田舍重重，苔藓满满。不是秋风茅屋，也非寒士草堂，一心一意尽是与苍生相关的苍茫。

天地精灵，既不能言说，也无法为文，所能做的也就是将其精粹托付给配得上天地信任之人。所以，天下文章但凡出类拔萃的，必定是贯通天地，气质自然。杜甫灵寢处，冷清得有些过分，正好印证除了杜甫只有天地的那种地位。四周是那种专属于原野的清净，看不见俗不可耐的故意展览，也没有发现无意遗落的诗词文章。目光所能读到的唯有“唐左拾遗工部员外郎杜文贞公”等文字。虽是初夏时节，四周充满暑气，脚下青砖的缝隙里，仍在冒着直达骨子的阴凉，宛如杜甫一生的阴郁。

公元七六七年，杜甫从瞿塘峡乘船而下时，还能抒写：无边落木萧萧下，不尽长江滚滚来。宋时有人曾说此两句十四字，写出了八层意思：他乡作客一可悲；万里作客二可悲，经常作客三可悲，正值秋天四可悲，身怀疾病五可悲，晚年衰病六可悲，更兼多病七可悲，重阳节孤独登台八可悲。身为少陵后来者，当知杜甫身后事，这样的追溯与对照，多少有些牵强，也多少有些道理。及至公元七六八年到七七〇年，那情怀中的豪迈，就被命运的悲怆彻底逆袭。短短两年湖湘经历，就只能与李白天人相隔地写着，凉风起天末，君子意如何。分明那方世界是无法活着抵达的，还是要问个清楚，鸿雁几时到，江湖秋水多。文章憎命达的境况，魑魅喜人过的现实，放在现今时日也是如此，天

坪上书院

埠上書院

下哪有真写文章的人是官运亨通财源滚滚的？地上哪有暗箭不伤人的？这样的文字就是想做别的诠释也做不了。最是那句，应共冤魂语，投诗赠汨罗，简直是一语成谶！世间通常习惯暗示他人，像杜甫这样，除了自己将自己当成诗文赠予大江大河，那些记得诗并热爱诗的人，哪敢有此念头？若是谁有，无疑会触犯天条。

十年之后，若有怀想，还可以当作惋惜。百年之后，任何一种怀想，都是不道德的！千年诗圣，只落得举家投亲靠友，更有苦雨相逼，人在船上，船却一连十日无法靠岸，最后还要对他人的施舍千恩万谢。早前远在皖南秋浦河上的李白，何尝不如此，吃喝人家几天，临走时还要咏叹，那酒肉款待之情，比桃花潭水还要深！李白有情唯有杜甫能解。李白既然先杜甫而去，杜甫之心就只有凭空托寄给凉风鸿雁江湖秋水了。

识时务者为俊杰，不认时务者为圣贤。那个叫李林甫的，因识时务，了解皇帝秉性擅长投其所好，用一个野无遗贤的说辞，将好大喜功的唐玄宗奉承得晕乎乎。不必去怀想这些人若知道，被他们屏蔽在金榜背后的杜甫，日后成了圣贤，会做何感想。看着这楚天云水伤心处，这满山荒草泪横流的小田村，用春天的一株兰、夏天的一滴露、秋天的一群雁、冬天的一坡雪，连续起汨罗远水，就会明白，一个屈原怀沙投入一条向西流淌的江，尚不能避免屈原与楚国的悲剧在杜甫与大唐身上重演，那就需要用杜甫与屈原的灵魂叠加，以强化汨罗江，强化天地留给后人的道德、文章、节义的警示。否则这向西流淌的河流，就失去如此存在的理由。

明末清初的金圣叹，被尊为中国文学第一评论家，他从经史典籍、诗词歌赋、戏曲小说中选出六部书，认为是千古绝唱。这六部书是：一庄（《庄子》）、二骚（《离骚》）、三史（《史记》）、四杜（杜甫之诗）、五水浒、六西厢。金圣叹称它们为“才子书”，也叫“天下必读才子书”。年少时，对诗仙李白与诗圣杜甫之不同甚至很不以为然，后来才觉察出其中的分野。将自己的每一个文字都用作世人疾苦的一部分，自然要比春花秋月来得重大。曾经有人这样说，杜甫的诗，后来被人各得其所，学成六种模样，孟郊得其气焰，张籍得其简丽，姚合得其清雅，贾岛得其奇僻，杜牧、薛能得其豪健，陆龟蒙得其赡博。果真如此，从幕阜山发源的汨罗江，就是杜甫从活着到永生的清楚无误的象征。

记得苏轼有词：大江东去，浪淘尽，千古风流人物。眼前天地境况分明是：汨水西流，屈杜遗志何时休？

永生的杜甫墓有些荒凉，到访的人很少。太忧国的人譬如屈原，国家会给予纪念。太忧民的杜甫，本当由民众来纪念，可是民众都去哪里了呢？“饥借家家米，愁征处处杯”的杜甫，“亲朋无一字，老病有孤舟”的杜甫，饿着肚子走遍半个中国的杜甫，难道还有更为不堪的圣贤吗？从屈原到杜甫，相隔有一千零四十八年，难道这汨罗江还要再过一千年，再有圣贤流落同千古，才会明白人世最重要的是什么吗？

15 怀念一九九八

一个人行走的足迹，往往就是历史的足迹。

这是一九九八年九月下旬，我在簰洲垸写给簰洲垸的一句话。

一晃就是十八年，站在荆江大堤上，想起这句话，身后就是世间闻名的观音矶，说是世间闻名，是因为它的险。这险在枯水季节是奇葩的意思，在风平浪静的日子代表美到出其不意，一旦洪水猛兽来了，这险就连艰险都不是，而是险恶，或者是阴险。天上下着大雨，我很想光着头冒着风雨走一走，每次才走上几步，就会有同行者抢着将雨具放在我的头上。我是将荆州的雨当成老朋友，是那种在一九九八年夏天不打不相识的老朋友。

长江的荆江段在观音矶面前绕了一个巨大的急弯。水文站的资料说，今年雨季以来从长江武汉段开始的下游水位涨得很快，荆江这儿与平常年份差不多。水文专业上的差不多，可以理解为既不是枯水也不是洪水的相对正常的水情。在雨幕的打扮下，站在观音矶，眼前相对正常的水情也分明暗藏着滚滚杀机。

十八年，正好是一段青春和成长。记忆中的生龙活虎依旧是当年模样，装满记忆的脑子上面却被霜雪覆盖。一九九八年夏天的长江，活脱脱是一个恶魔，那么多的军队，那么多的人民，用了那么多的方法才将其制伏。因为付出太多，人人都有一种死里逃生的感觉。荆州当地的一位女子说，那一年她才五岁，半夜时分，跟着大人站在街边，送别参加抗洪抢险的子弟兵时，见到大人们都是热泪盈眶，她虽然什么也不懂，也跟着大声地哭喊，像大人们一样，舍不得子弟兵们离去。

在那时的文章里我曾经写道："如果没有一九九八年夏天的经历，很难让人相信，一场雨竟会让一个拥有十二亿人口的泱泱大国面临空前的危险，以至于不得不让这支士兵数量几十年来一直雄居世界首位的军队，进行自淮海战役以来最大规模的战斗调动，而他们的搏杀对手，竟是自己国土上被称为母亲河的长江。在去嘉鱼的公路右侧，江水泛滥成了一片汪洋，让人情不自禁地想起远古神话中的大洪荒。从北京来的一位资深记者告诉我，有关部门已将《告全国人民书》起草好了，如果洪水失控便马上宣告。这位记者心情沉重得说不下去，同行的人好久都在沉默不语。当我们又是车又是船地来到簰洲垸大堤上，面对六百三十米宽的大溃口，不堪负荷的心让人顿时喘不过气来。那轻而易举就将曾以为固若金汤，四十多年不曾失守的大堤一举摧毁的江水，在黄昏的辉照下显出一派肃杀之气。这时，长江第六次洪峰正涌起一道醒目的浪头缓缓通过。正是这道溃口，让小小的嘉鱼县，突然成了全世界瞩目的焦点。正是这一点让济南军区某师的几千名官兵在二十一小时之内奔行千里，来到这江南小县，执行着比天还要大的使命……”

嘉鱼与观音矶隔荆江而相对，那里的江堤也叫荆江大堤。

那里的江堤一点也不比观音矶这里安稳，因从清末以来的多次溃口，情况紧急时，就近取材，用一层芦苇一层沙土进行堵口，而后又没有清理，便将就着在这样的基础上对江堤进行加固。一九九八年夏天连续两个月的高水位，将江堤内部因为这些芦苇腐烂后形成的筛子一样的空洞打通了，形成一个接一个的致命管涌。在簰洲垸时，军报的朋友送我一套迷彩服，上面挂着中尉军衔，在全部由军事记者组成的队伍中，我按军衔走在队伍的最后，直到任务结束时，领队的大校才发现这个秘密。当然，他们都说我太像中尉了。

中尉都是年轻人，年轻总是让人开心，让人能够想象自己还有能力没被发现，就像一九九八年荆江两岸的士兵们最流行的两句话：用汗水洗去身上的污垢，当一个受人尊敬的好兵；多吃点苦，将来做人有资本！

那一年的八月二十一日上午九时整，我正在这一支部队采访，突然来了紧急命令，才五分钟时间，五百名官兵便驱车直赴发生险情的新街镇王家垸村。面对他们的又是一个罕见的管涌，它在离江堤一千五百米的水田中，直径达零点七五米，流量为每秒零点二立方米。发现它时，它已喷出一千多立方米泥沙。水田里的水有齐腰深，管涌处，离最近的岸也有几百米，而离可以转运沙石料的地方有上千米。那一带是血吸虫感染区，五百名官兵没有一个犹豫全部在第一时间里跳进水中。我有幸与淹没在水中的稻穗一起，目睹官兵们用血肉的身躯铺成了两条传送带，泡在水中，将两百多吨堵管涌的沙石料全部运到现场，直到下午两点才上岸喝水吃饭。接下来又奋战到第二天凌晨六点二十分，终于将险情彻底排除。也是第二天，所有报纸无一例外地都只让人从那句“两千多名解放军战士参加了抢险”的语言中，感受到曾经存在过一种超越常人的英勇。

今年的雨很大，几个小时前，水文专家从江流中取出的那罐水已变得很清了，罐底沉淀的泥沙清晰可见，说是只有正常年份泥沙含量的十分之一。这样的情境很容易让人忘记一九九八，以及历史上与一九九八相同的许许多多的一九九八。长江会不会忘记？长江当然不会回答，但长江一定会在某个特定的时刻用特定的方式，考验着过去的考验。所以，观音矶前那貌似平静与平安，是不可能无条件信任的。哪怕这江水还会进一步变清，还会进一步乔装打扮成小桥流水人家。长江就是长江，大有大的难处，大有大的变化，大有大的魅力。我崇拜这样的长江，哪怕她会在不经意间给世界带来巨大的麻烦。

16 迷恋三峡

再次来到三峡。

这是第几次来到这里，很难记得清楚了，唯一清楚的是每一次与三峡相逢，都是一次情怀与思潮的碰撞。

长江一万里，大岭九千重，能奔涌的自然奔涌而来，会伫立的当然相守相望。还有一万一万又一万，像我这样的人，毫不吝惜从青丝到皓首的光阴，一次又一次乘风而来，看不够满江的桃花汛。一回又一回顺水漂泊，拥抱起漫天红叶而归。

来到三峡的方式越来越快捷，拥抱三峡的方式越来越舒适，从最熟悉的武汉为另一个点，将三峡连接起来的时间，即便是从汽车时代算起，也有了从漫长的两天两夜，到如今的只需三四个小时的巨大变化。在这种改变的过程中，从三峡工程截断亘古江流至今的时间算起来一点也不长，很奇怪曾经冷冰冰的山一样、海一样的钢筋混凝土建筑物，竟然悄无声息地从我这里获得了某种感情。

对三峡的迷恋无外乎那举世无双的山水，以及想看透与这得天独厚的山水密切相关的现代化工程的计划与实施。因为来得太多，因为来得太多生发的深情，因为深情而对天赐山水肯定会消失的惆怅，因为惆怅太多，必须排遣而又无法排遣，所以只能使用得幸天赐的抱怨为出路。可以想象的原因还有一些。这一切原因都还看得见摸得着，哪怕有少数原因变得淡忘了，也还在记忆的边缘小心翼翼地游走。

我的小猫小狗一样的童年，我的海枯石烂不可改变的日常起居吃喝口感，我的审美趣味，我的思哲基点，我的视野偏好，我的话语体系，我的一切构成生命的非物质元素，早就决定着我会将个人立场建立在纯粹自然一边。比如我是那样讴歌，只生长于老青滩岸边的香也香得醉人，甜也甜得醉人的桃叶橙，本是普通的几株果苗，偏偏遭到雷击，枯了半边，活了半边，然后就变异出世间绝无仅有的果中极品。比如我是那样抒情，只生长于老归州外鸭子潭中的桃花鱼，本是昭君出塞前洒在香溪中的一滴泪，年年江水涨起，淹得无踪无影，再大的江水只要退去，那婀娜多姿的桃花鱼依旧从雷霆袭过，龙蛇滚过，恶浪翻过，洪峰漫过的江底飘然而至。比如我是那样惊叹，年年桃花汛期，那些要去金沙江产卵的鱼群，冲不过江中的急流，便聪明地沿着江边礁石阻击后的细水缓流向上游进，更聪明的三峡儿女，排着队站在细水缓流旁，轮番上前用手里的渔网舀起许多健硕的鱼儿，再用这些鱼儿晒满两岸的江滩。比如我是那样敬畏，江边那被炭火熏得漆黑的老石屋，比老石屋还黑的老船工，至死不肯去儿子在县城的家，只要说起现在的江，现在的船，老船工就会生气地大声嚷嚷，这叫什么江，这叫什么船，一个女人，一边打着毛线，一边飞着媚眼都能开过去，这不是江，也不是船！老船工的船是必须手拿竹竿站在船头的船，老船工的江是船工手中竹竿在礁石上撑错半尺就会船毁人亡的江。比如我是那样赞美，一排排船工逆水拉着纤绳，拖着柏木船不进则退，退则死无葬身之地时，那些被称为滩姐的女子，一边唤起船工的名字，一边迎上前去，挽着某位船工的臂膀，助上一臂之力，等到柏木船终于驶过险滩，那些滩姐又会挽起船工的臂膀，款款地回到自己的家。这些旷世的奇美，早已被钢筋混凝土夺走了,砌在十万吨现代建筑材料的最深处，见过的人还能有些记忆,没见过的人纵使听得倾诉一百遍，也是枉然。

站在我站过多次的神话般世界最大的船闸旁!

站在我站过多次的高高的坛子岭上!

站在我站过多次的巨大得令人震惊的大坝坝顶上!

站在我站过多次的亿万年沉潜江底的岩石旁!

我真的太惊讶了，大江流水，高山流云，一切都在蓝天朗日之下，我居然对用三千亿元人民币打造的三峡工程有了一份由衷的感情。

好像只是回眸之间，亲爱的三峡，也许是经历了太多的流言，才使人想为她抱一点不平。寻着长江大桥、长江二桥、二七长江大桥、白沙洲长江大桥和天兴洲长江大桥下从未有过的清凌凌的江水，再一次来到三峡，是九天来水驯化了钢筋混凝土的庞然大物，或者是钢筋混凝土的庞然大物习惯了九天来水，年年一二月份，这仿佛天作之合的大坝与水，就会千里奔驰到上海，去挤压从东海涌入的咸潮。三四月份，这温情之水又会加大流量去温暖万里长

路经三峡

江的每一朵浪花与旋涡，让每一条怀春的鱼儿早些做那繁衍后代的准备。进入雨季，要做的事谁都知道。防完洪水，就该满负荷发电了。接下来的冬季，当美丽的洞庭湖太过干涸，当鄱阳湖露出湖底石桥，便是最多流言攻讦的时候，殊不知往年这种季节长江过水流量不过两千几百，亲爱的三峡为了保证通航，已补充水量到五千几百。这比自然还温馨的几种，真个配得上人称亲爱的情感。还要为左岸电站那八台进口的七十万千瓦水力发电机而感动，不只后来的右岸电站的十八台同等量级的发电机完全由中国工厂自己制造，还以此为基础制造出世界上还没有谁能造出来的更大的发电机。

我对三峡的亲爱的感情，还源于自己十八岁时，受县水利局委派主持修建一座名叫岩河岭水库的小水库所学到的专业知识。当全世界的自媒体都在疯传三峡工程面对战争可怕后果的威胁时，我知道那是不可能的，哪怕是二十万吨级的原子弹直接命中大坝坝身，三峡之水也不可能像自来水那样直接冲击到武汉与上海。亲爱的三峡更准确地告诉我，最坏的结果是，那些溃坝后产生的洪水会在枝江县城以上形成新水库，然后，那水就会沿着长江河道，继续由万里长江第一洲的百里洲分成两股江水，依着千万年来的习惯流向下游。

我曾经发现三峡的可爱，如今再次发现三峡的可爱。

人总是如此，一旦发现，就会改变。不是改变山，也不是改变水，而是改变如山水的情怀，还有对山水的新的发现。

17 洪痕

宜昌往上八百公里，万里长江的这一段，有一个受人喜爱的名字：川江。

川江的传说能让人听疯掉。

川江的号子更让人爱死了。

长篇小说《一棵树的爱情史》写作的前前后后，曾经在川江的上水、下水、左岸、右岸，反反复复地走，来来回回地渡，多年以来，每次有机会重新面对这些，除了感怀还是感怀，失去纪念还有更多纪念。

只要来到了，如果是秋天，我就会问一切能够让我问的人，知道桃叶橙吗？或者换一种语气问，听说过桃叶橙吗？对方当然不明白，因为那是川江流进三峡后，在那名叫青滩的去处由上天奉送的宝物，不只是甜蜜可人，女子揣在怀里，那种香更能引出与世无争的别样娇媚。

此时此刻，春意简直到了浓妆艳抹的地步。站在川江也即是长江和嘉陵江交汇处的江滩上，满河床的浑圆砾石，像牡丹的就像牡丹，像玫瑰的就像玫瑰，像杜鹃的就像杜鹃，像桃红李白的也都敢于在油菜花尽数凋谢的五月里继续像那桃红李白。江水与砾石之上的朝天门本来就是长江叫作川江后，所任性绽开的物我奇葩。

我坚持用纪念的姿态问，江边巨石上站着的那些人，手里拿着蜻蜓网往水里一下接一下地舀是干什么？隔了多少山，隔了多少水，终于有寸滩水文站的人做了回应：那是在舀鱼。川江水流急，每到产卵季，许多的鱼儿就要拼死拼活地去到更上游的地方产卵，中流水更急，鱼儿们只能将水边流速缓慢的地方作为洄游的途径。在三峡那个叫青滩的地方，曾经是川江最著名的舀鱼场所。当年，青滩人在青滩上舀的鱼儿，铺满了整个青滩。寸滩这儿三个小时里舀到三斤鱼儿就是一件乐事，顺水向下五百里就是青滩，那里的人曾经像排队买票与购物那样，拿着舀网，轮流上前，冲鱼儿们的必经水路，每人舀上十网，就这样加上排队的时间，三个小时就能舀上三百斤鱼儿。

江边的风景

因为纪念，这些几乎消失了。

既知道舀鱼传说，也知道舀鱼事实的寸滩，本身就是川江上数不清纪念的纪念。

如果仅仅是传说，寸滩就只能在传说之外。

如果仅仅是事实，寸滩同样只能在事实之外。

八百里川江流了十万个十万年，用来传说的泄滩、青滩、崆岭滩等三大险滩中没有寸滩。那些著名的奇滩：石牌、喜滩、水田角、渣波、珍珠细、马屁股、珍珠滩、白洞子、獭洞滩、上羊背、小崆岭、射洪碛、小青滩、锯齿滩、冰盘碛、下石门、乌牛石滩、方滩、碎石滩、吒滩、真武碛、上石门、螃蟹岬、王保溪、大八斗、牛口滩、晒花碛、青竹标、火焰石、刀背石、屠龙石、下马滩、宝子滩、油榨碛、铁滩、黑石滩、太子角、老关嘴、滟滪堆、臭盐碛等，每一座滩都是实实在在的，其中也没有寸滩。

这样一个寸滩，偏偏记录了川江所有的纪念。

水做的川江用水文纪念。

人做的川江用人文纪念。

行走在水边，眺望寸滩的高处，那里的山坡上竖着一块石碑，碑面上刻着一道红红的横线，并清楚写上：

一九八一年七月十六日，高洪水位一百九十一点四一米。其纪念的是自一九三九年新建水文站后所记录到的最高洪水位。

或许正是给历史留下这道洪痕的那一年的那一天，一艘木船停泊在远比寸滩凶险的小青滩上游，等待第二天早上洪水退后继续下行。木船停靠在江湾的一片树林旁，一夜过去，江水果然退了许多。早起的船工正在船上做饭时，一条江鳗不偏不倚正好跳进锅里。船工正高兴天赐一锅好鱼汤，又有一条江鳗用同样的方式跳进锅里。等到第三条江鳗跳时锅里后，船工才想起来抬头往高处看，骤然发现树梢上挂着一具腐尸，昨夜的涨水虽然退了，随涨水漂到树梢上的腐尸却留下来，那些江鳗正是从腐尸肚子里掉下来的，而不是从江水里跳上来的。川江的传说不全是恩赐，川江的恩赐也不全是传说。川江赐我一部《一棵树的爱情史》，同时也如说与此事的那位老船工所言，这辈子我注定再也吃不下半口江鳗肉，再喝不下半口江鳗汤。

昼夜涨落十几米的川江，活脱脱就是为着呈现灵魂的纪念与纪念的灵魂。

寸滩之上，横跨江空的钢索用那系在江流最深处的偌大铅鱼儿，纪念那些碗口大小的砾石，如何沉底潜移，随波逐流，将小溪意志，远送到大河，成就天涯气象。川江之上，越是著名的险滩，消失得越是彻底。独自坚守的寸滩，不是为了江上的丰富，也不是为了两岸的秀逸。在江流中的铅鱼儿凭着江底推移的卵石，辨别河道的冲淤变化，并代替历史判断川江的命运。

18

涪翁至静

长江沿线数十座城市，上海、南京、武汉、重庆一类的庞然大物，知道的人自然很多，往下稍袖珍一些的城镇，最有名的一定是涪陵。丝毫不夸张，只要有中国菜的地方，就会知道涪陵。那小小模样实在不起眼的涪陵榨菜，不好说是浓妆淡抹，换一种感觉说在甜酸苦辣涩咸淡一切口味面前总相宜是绝对不会过分的。高兴和不高兴时，疲倦与不疲倦时，饥饿和不饥饿时，一个人和一群人时，任何状态下，但有一碟涪陵榨菜上来，听不见欢呼，看不见欢笑，单单那筷子，有多少双就会伸出多少双，以此表示内在的欢欣。

一九九六年秋天，沿长江从巫山、奉节、万县到丰都，在还没有被水淹的旧码头向上爬了半天，所看到还是沿江滩摆放着的无穷无尽的榨菜坛子，好不容易到了码头上，所见到的还是榨菜坛子，除此人与车与街巷都是次要的。二十年后，终于来到涪陵，无论是江边码头，还是大街小巷，很难见到闪着釉彩的坛子，好像涪陵这里不再生产榨菜了。

几千里冲着榨菜而来的一定是个吃货。

不想做吃货的来涪陵，通常是为着白鹤梁上那条石刻的大鱼。

石鱼盛名在外，号称人类历史上最早的水文站，以至于似三峡水库这样举世闻名的伟大工程，都必须专门考虑提供万无一失的保护，甚至有说法，若无良好方法，三峡水库方案就要重新设计。因为石鱼是涪陵的，更是世界的。沿着九十米高的电梯，走进长江江底，头顶着几十米深的长江水，肆无忌惮地凑近白鹤梁，种种石刻一幅接一幅，看完这里再看那里，好生生地水里石鱼，不知不觉地变成了高蹈于人间之上的某种东西。

涪陵有一种静，从长江江底回到涪陵街上，春夏之交的太阳到了温度最高的节点，也没有影响到涪陵，许许多多的静足够遮蔽街上的轰隆，各种各样的汽车就在眼前，听上去就像没有动静。这样的静，或许与榨菜的出产与流

江边的风景

行相交，谁见过吃着榨菜而喧哗震天？或许还与江底的石鱼相关，别说是人众，就是汹涌江涛在石鱼面前又能如何呢，一千多年了，流水哗啦逝去无数，石鱼一声不吭还是石鱼。

静与寂寞无关。

静与孤独也无关。

静与绝望更是风马牛不相及。

唐乾符年间扬州有个叫黄损的秀才，曾经很安静地来到后来叫涪陵的涪州。起因是黄损偶然将一块祖传的用羊脂玉雕成的马儿送给一位无缘无故追着索要的老人。之后年轻未娶的黄秀才，在一条船上与一个叫玉娥的女子一见钟情并私订终身，并且定下三月后的十月初三于涪州再聚。从扬州到涪州，长江之长堪比情长，黄损于良约之日，赶到涪陵，找到系于数株枯柳之下玉娥家的船。有情人还没来得及相拥相抱，船就脱了缆绳，涪陵江水，如银河倒泻，舟逐流水，去若飞电，瞬息之间那船与玉娥就不得寻了。

这是明朝作家冯梦龙的传奇小说的一种。

传奇小说最不传奇的是其结局。在“三言二拍”中，那些死了几次的人都有个好结局，秀才黄损与美人玉娥自然不会失去团圆机会。身在涪陵，复诵前人佳作，最喜欢的还是行云流水地写到黄损往长安应试时，因为苦苦惦记着玉娥，进考场时只是随例而入，举笔一挥绝不思索，只当应个故事，哪有心情去推敲磨炼。金榜开时，高挂一个黄损名字。黄损最终抱得美人玉娥而归，靠的就是在涪州练习的静的功夫。人都在考场上了，还能不顾功名前程，用思念恋人的情怀写着试卷，真的是静到极处了，将一应世俗置之度外，谁知偏是应故事的文字容易入眼。冯梦龙说的这话，是文学的至理，也是涪陵的前世今生。

武则天当皇帝时，奸臣来俊臣肆意弄权，朝官侧目，上林令侯敏偏事之。也就是说，别人都不理奸臣时，这位叫侯敏的负责皇宫园林的小官却曲意奉承巴结。侯敏很幸运，有一位好妻子董氏，适时苦劝，说来俊臣是国贼，不可能长期得势，一旦正人君子回朝，身边的党羽肯定会遭殃，要丈夫对来俊臣敬而远之。侯敏听了妻子的话，有意与来俊臣保持距离，因而惹怒来俊臣，将他贬到涪州任武龙县令。

侯敏不想离开京城，想辞官不做了。妻子劝他，京城已是是非之地，长住不得，赶紧走为上策。侯敏带着妻子来到涪州后，将自己的名帖递到州府，不意写错了格式，州官看后说，连自己的名帖都写不好，如何当县令。便将侯敏上任的公文放置一旁不予处理。侯敏忧闷不已时，董氏又劝丈夫少安毋躁，就当朝廷放假，多闲住些时日。这一住就是五十天，其间有匪寇攻破武龙县城，杀了本该离任的县令，就连其家人也无一幸免。不久，来俊臣在京城被诛，其全部党羽尽数流放岭南，侯敏再次得幸免灾。典籍中这些文字，读来真个是静气安神。

到了清末民初，涪陵仍然叫作涪州，却发生一件静如朗月的事。护国运动期间，滇军总司令顾品珍率队入川，在家乡任团总的表弟王敬文带着顾品珍父亲顾小瑜的亲笔信，前来谋取州县之职。顾品珍让手下将其录为涪州知州。在任职仪式上，王敬文将涪州说成陪州。监誓的民政厅长提醒他看看委任状，王敬文看了眼后急忙改口，又将涪州说成是倍州。民政厅长当即收回委任状，并告知顾品珍，顾品珍当即遣返王敬文回乡，并口占短诗一首相赠："欲作州官不识州，时陪时倍费思筹。家严是你好姑父，莫把小瑜作小偷。”此顾品珍若是没有与众不同的静，能否成为朱德的老师彼顾品珍就有疑问了。

涪陵将这三件事当成经典，是一种了不起的静。

第一件事反过来看，寂寞也可以是真正的静。

第二件事反过来看，孤独也可能是真正的静。

第三件事反过来看，让贪婪的人彻底绝望也是真正的静。

涪陵的静也是得了真传。“白帝晓猿断，黄牛过客迟。遥瞻明月峡，西去益相思。”李白被贬夜郎，经过涪陵，这几句诗写的是自白帝城往上游走，到涪陵附近的境况。杜甫写涪陵的诗有，“黄草峡西船不归，赤甲山下行人稀”。元稹在写过“曾经沧海难为水，除却巫山不是云”后，更直接写出了“碧水青山无限思，莫将心道是涪州”，以及“怜君伴我涪州宿，犹有心情彻夜弹”。之前往后还有多少描述，难以说清，只要写到真情处，谁也脱不了与静的干系。非常好做比的是陆游写自己“舣船涪州岸，携儿北岩游，摇楫横大江，褰裳蹑高楼”。免不了感时后又写“小人无远略，所怀在私仇。后来其鉴兹，赋诗识岩幽”，即便是前面字字表示对朝政的强烈不满，情韵最后还是归于岩幽之静。

最是黄庭坚晚年被贬谪为涪州别驾，自己给自己取了个别号涪翁。宋元符三年，即公元一一〇〇年，黄庭坚游白鹤梁，题下“元符庚辰涪翁来”七字。粗看是屡屡因文惹祸，老来知趣，加上一点心灰意懒，整个人变得谨慎了，细一想恰恰是一身静气与山水天地有了沟通，哪怕再多一个字也是对那样境界的惊扰，更别说多写一句，凑成个对联，或者多写几句，变成一首诗，更是画蛇添足。有了这七个字，再看那石梁上的其他文字，不免会心一笑。放在从前，黄庭坚肯定有许多话要说。人到了这境界，就没必要饶舌了，说得越少，留下静气越多，后人越是能够心领神会。比如今次我来，说了这么多，简直就是全部替他说话了。

19 青年独秀

离开重庆，先到涪陵，在转往合江的途中，路过江津时，意外遇上一处深幽到配得上独秀的小院。

这本不是事先计划的，关于长江的文化认知中并没有这样的贮存。

重庆很大，大到能够与上海、武汉一道，自己在自己的名字前面加上一个大字，从长江下游到上游，依次称为大上海、大武汉和大重庆，还能让别人不敢轻易否认。大有大的难处，过日子的难处是开销如流水，男女老少整天在一个屋檐下说话，在一张桌子上吃饭，有事没事都会被弄得找不出头绪来。天地大了，就会连东西南北都找不着。将重庆叫山城也是，叫雾都也成，叫火炉也罢，谁都可以说成是一种了解。这种了解比完全不了解，更令人摸不着边际，真的不如完全不了解。或许我还觉得，对于长江，重庆再大也不过是这一趟所经过的宜昌、秭归、巴东、巫山、奉节、万县、丰都，还有即将经过的涪陵、江津、合江、泸州、宜宾等大大小小沿江名城名镇的集合与丰富。这样的想法也怪重庆突然下暴雨，来后两天，只留半天晴朗让人外出奔走，好在自高向低倾泻的春雨，将从高处往低处修建的新街老巷洗得足以般配连乌云都那么干净的天空。

没有比雨后的早晨更好的时空，重庆也不例外。

早餐后，正要离开下榻的酒店时，忽然来了一群年轻人，是昨天去过寸滩水文站的各部门才俊。说今天是五四青年节，将我拉了进去，作为青年节活动的一部分，照相合影，题字签名。这番小小的热闹，随着滚滚车轮，先是到涪陵。进那白鹤梁水下博物馆时，一行人中，过半数的记者是青年，唯有我凭着身份证享受到半价待遇，自然又是一路调笑；青年节对青年没有优惠，反倒是年过六旬的老青年得到垂青。

从置身长江水底的博物馆出来，我们继续赶路。下午三点，高速公路上出现一块咖啡色指示牌，寥寥数字让道路两旁青翠的山野即刻变得像历史一样深沉。指示牌告知

江边的风景

的三公里距离能容下两分钟犹豫，车上的人连半秒钟都不曾使用，一声叫喊之后，越野车就在指示牌提示的三公里处，一头扎进历史深处。

一路走来，更多时候是宁肯被山水抛弃，也不能抛弃山水。

这一刻里，满脑子全是宁肯被历史碰得头破血流，也不可以遭受历史遗弃。

小院不是刻意藏于历史皱褶中，是历史过于厚重令人无法一眼望穿。当然，历史也没有睁一只眼闭一只眼，冷对这所小院的半个主人。说是半个主人，是因为小院的私有物权是别人的，只是将小院的历史地位给了一位寄居篱下者。这世俗中的半个主人，曾经影响二十世纪早期太多年轻人，就连毛泽东都会情不自禁地表示，其人是自己等一应热血救中国的青年们的总司令。

小院是江津当地光绪年间贡士杨鲁丞的故居，人称杨家大院，又因四周以条石砌成丈余高的围墙，才有了一个更负盛名的名字——石墙院。现如今能够在高速公路沿途挂上指示牌，是因为有了名声更加响亮的名字——陈独秀旧居。

陈独秀于一九三八年流寓江津，几经屈辱，一九三九年五月应杨家后人邀请，住进石墙院，条件是帮忙整理先人遗著。几十年后，当年旧迹难寻，唯有展览于墙壁上的一九四二年五月二十九日的《江津日报》，记着那时的新闻如今还是新闻：“一代人杰陈独秀先生本月二十七日晚九时四十分急性肠胃炎与脑充血并发，医药罔效，溘然长逝于县属鹤山坪乡寓，享年六十四岁。陈氏生于一千八百七十九年，安徽怀宁人，字仲甫……曾任北京大学文科学长，主编青年杂志，后因思想左倾，主持共党，被拘南郊模范监狱。抗战军兴，旋即出狱入川，隐居津门，研究小学，贡献颇多，今年不幸逝世，实为学术界之一大损失。先生公子供职于国立九中，一生坚贞，身后萧条，亲友学生,将集议救济办法。六月一日发柩于县城之南某地，殆抗战胜利再移运回原籍。”

六十岁上的萧条况遇，迥异于五四时期的呼风唤雨。陈列在玻璃柜中由独秀先生创办的几本《新青年》，与老旧不堪模样正好相反，闭上眼睛也能看到从书中辐射出来的勃勃生机。这样的青年日子才属于真正的青年人，一百年以后的《新青年》也不会岁月迟暮老弱病残。那些岁时纪念文章，说先生以为蚕豆花泡水能治高血压，因而自采了回来泡水常服，没想到这一年雨多，蚕豆花晒不干，发了霉后再喝，不知不觉地有了中毒症状。又逢友人来访，难得吃一回四季豆炒肉，嘴馋了些，便又加上一宗消化不良。此后虽有医师朋友赠药，终不能救治。如此山穷水尽，却是因为对那些送上门来的数百乃至数千、上万大洋的一回回拒绝，不为别的，那些钱虽然多，也来得容易，却不干净，甚至很脏。

小院内早已人去如斯，闻不到当年为主义而斗争的各方名流在此挑灯看剑的气息，也难体会独秀先生月余不知肉味的窘境，倒是拜远方群山所怀抱，近处苍绿青翠所烘托，生生显得了那一身清傲高贵朗朗坦荡。

摆布在墙上的照片中，那些耳熟能详看上去早已如邻里乡亲般熟知的年轻人，有环绕独秀先生的，也有独秀先生所环绕的。明亮的电灯映照在那些旧时身影上，在后来者看来，那些模糊的身影是清楚明白的，头顶上明晃晃的电灯光彩似乎有些穿透力不足。更有独秀先生与两个儿子，一同当选中共中央委员的。父亲勉强挣扎到一九四二年病逝，大儿子和二儿子，于一九二八年前后，以中共中央委员的身份双双被杀害于反共分子的监狱。如此裙带，足以悲天下。

这叫石墙院的小院，值得沿长江而来的久久伫望。

仅仅这一天，从朝阳红起，到星月冷淡，足下踏遍在重庆朝天门旁与长江击浪的嘉陵江，在涪陵与长江合流的乌江，在合江与长江交汇的赤水河，在泸州与长江三合一的岷江和沱江，以及在万里长江零里程处的宜宾将我们要继续走下的长江上游重新命名的金沙江，面对大水长滩惊涛骇浪，抑或浅湾平流轻波画舫，想象山有山的青春，水有水的年华，只是谁敢说，哪条江更年轻，哪条江更活泼？那些叫支流的，各有各的特质，各有各的气韵，发生在长江左岸的就会向南流，成长在长江右岸的当然往北去，将天下人事的殊途同归，演绎得亘古长流，惊世骇俗。

比如离开江津抵达宜宾后得知，高场水文站所测控的长江支流岷江最大流量出现在一九六六年，达到三万四千多立方米，而相隔只有几十里的屏山水文站现更名为向家坝水文站，负责测控作为长江主流的金沙江，历史记录中最大值不过两万九千多立方米。天下万物什理相通，说了的和没说的，说得多的和说得少了，都是长江上的水，总是要汇到一起的。也只有汇到一起了，才能奔腾向远。

从来山水仰重独秀。

从来山水有太多独秀。

太多的独秀就不是独秀了，独秀的意义才是无可替代的独秀。

离开重庆，离开涪陵，离开江津，离开合江，这一天太多离开，离不开的永远是青年，无论是新青年，还是老青年。

20 合江荔枝也好

沿着长江行走，所见所闻，与水一样源源不绝的是诗和诗一样的文化。那些与众不同的物产，越是独一无二的，越是无限制接近诗和诗一样的文化。二〇一七年五月六日，从宜宾跨过长江和金沙江抵达云南昭通后，在下榻的市委党校对门那家名叫“闲云野鹤”的小店里吃晚饭，发现菜单上写有藕汤，就以为肯定不行，并笑话他们竟敢在湖北人面前卖弄藕汤。店家则反复推荐，还指窗外藕塘，说全是自己栽种。看那水面真有荷叶片片，就答应了。待藕上来，先看那藕，全是八个眼的，以为更不行。想不到尝了一口后，汤不怎么地，那藕竟然还行。湖北人吃藕，一定要挑九个眼的，若是有条件，更要挑那一枝藕有十三节的。只有这样的藕才是好藕，是真正配得自己胃口的藕。一方水土养一方人，一方人最珍爱这一方的文化。作为黄冈人，我必须认定最好的藕是上巴河的，而不管还有人坚守在蔡甸的藕汤罐前，以及仙桃的藕汤锅边。

藕这物什没有荔枝精巧，也不及荔枝甜润。用诗来说，最多也就一句出淤泥而不染，还不完全是说藕的，藕是得了便宜卖乖，沾了替自身抛头露面的莲花的光。

从涪陵开始，直到宜宾，一路惦记着的荔枝就不一样了。仅仅杜牧说上一句“一骑红尘妃子笑，无人知是荔枝来”，就不知惹出多少爱恨情仇。何况苏轼也跟着说：“日啖荔枝三百颗，不辞长作岭南人。”都知道，一颗荔枝三把火，荔枝这东西容易使人内火上升。年近六旬的苏轼还没有将死之心，只是用恨不得一天吃三百颗荔枝的想法，将这小小尤物捧场捧到极致，可以将命运的悲欢离合像剥下来的荔枝壳，吃剩下的荔枝核那样弃为无物。看上去是在说荔枝，其实是在与命运争个高下。

十几年前，曾经去到岭南的增城。那地方是苏轼去过的。苏轼第二次遭贬时，在那一带停留一阵，并常有友人以荔枝相赠。那地方，那心情，尝到荔枝，别说苏轼，换了谁都会吃什么都甜，闻什么都香。我去增城时，那地方刚刚为一种名为挂绿的荔枝珍果举行拍卖活动，一颗名为西园挂绿的荔枝拍出了五万五千元的高价，成为全球最昂贵的水果。第二年再度举行的相同拍卖会上，一颗重十八点八克的西园挂绿荔枝，更是拍出五十五万五千元的天价。这用钱来表达的疯狂，与苏轼当年用诗写就的疯狂大不一样。更接近汉朝时，不得不由皇帝颁布诏书予以禁止的疯狂差不多。《后汉书 · 和帝纪》有明文记载："旧南海献龙眼荔枝，十里一置，五里一堠，奔腾阴险，死者继路，时临武长汝南唐羌，县接南海，乃上书陈状，帝下诏曰：远国珍馐，本以荐奉宗庙。苟有伤害，岂爱民之本。其敕太官，复勿受献。"这件事，苏轼在《荔枝叹》的自注中交代得更清楚，汉和帝时，交州也就是现在的广东、广西、海南等地为进贡荔枝龙眼，十里设一个驿站，五里设一个瞭望台，为赶时间，不顾路途险阻，拼命传送，像传递紧急军事情报一样，人累死了再由别人接着赶路。身为临武长的唐羌，上书说明情况，和帝于是颁下诏书，将进贡荔枝的事免了。明朝万历年间，还有事接着疯狂：由于荔枝名声太大，那些好事者趁着新果上市，纷纷索要。明末王士性所著的《广志绎 · 西南诸省》有记载：涪州妃子园正德年间尚有荔枝，万历时地方官以献新扰民，始根而绝之。地方官无计可施到只能将荔枝斩草除根，才能让那些将荔枝当作牟取私利捷径的人断了念想，真是要多疯狂有多疯狂。书中所言涪州，已与岭南无关，而是长江上游的涪陵，就这一带的荔枝产地来说，包括了合江与泸州。

二〇一二年七月，第一次到合江，得知此地盛产荔枝时，眼盯着满树的果实，仍然不敢相信自己所面对的。即到闻听当年杨贵妃所吃荔枝不是来自岭南，而是出自涪陵、合江和泸州一带，更是瞠目结舌。这一次，再来到合江，满地荔枝树只见绿叶，不见花果，没有现成的美味，使人对其美妙凭空想得更多。不受欲望羁绊，我竟然有些相信了，仿佛听见当年红尘一骑，马蹄声声，从以合江为中心的荔枝产区出发，踏上通往长安的子午官道。

荔枝真的是个尤物，身为尤物最要紧的品质是必须有与众不同的娇贵。

岭南的朋友中几乎人人都说过，当年有快马驮着一捆树枝，上面的荔枝故意暂不采摘，到长安了，才从树枝上摘下来，用此方法保证新鲜。我只说过一次不可能，因为与果实相比，树叶太容易枯萎了，不仅不能保鲜，甚至还有可能倒着从果实中汲取营养，这也是乡村种植行业的基本常识。那些朋友以及朋友所代表的故乡中人，越是听不得杜牧写的荔枝、杨贵妃吃的荔枝不是来自岭南，现实情况越是让他们觉得荒诞不经：岭南荔枝不管怎么好，在唐代的交通条件下，两千多公里的距离，是没有办法在三五天之内运送到长安的。

合江这里，多年来，民间一直流传着一种荔枝保鲜法，传说就是当年为杨贵妃运送荔枝而发明的：把刚摘下来的荔枝放进新砍伐的竹筒内，两侧用湿泥巴封住，用竹子能保持较长时间的气息，延长荔枝的保鲜期。还有荒谬的，关于杨贵妃是哪里人，共有虢州阌乡（今河南灵宝）、蒲州永乐（今山西永济）、弘农华阴（今陕西华阴）、蜀州（今四川成都）、容州（今广西容县）五种说法。与籍贯定不下来不同，杨贵妃的父亲杨玄琰曾担任过蜀州司户是板上钉钉的事实。杨贵妃的童年在四川度过，那时风气家里不可能没有产自近处涪陵、合江或泸州的荔枝。正是在四川吃过荔枝，杨贵妃才对荔枝依依不忘，而重温童年美味当然是最令身心愉悦的事情。

苏轼想做岭南人时，已是第二次遭贬谪，这一次贬谪比上一次严重。苏轼用自身才华的边角料也能判断出：情况大为不妙。前次贬到黄州，苏轼还怀着朝廷收回成命的希望，这一次只怕是要做一去不回的绝望打算。都到此种地步了，对日后必须朝夕相处的人说点好话软话，也是人之常情。狂放到曾让唐玄宗身边宠臣高力士脱靴的李白也有放下身段的时候，在长江下游的秋浦河上，为他人写些酬庸句子。也是因为对酬庸的不甘与无奈，加上提起故乡人事，受怀乡之心影响，苏轼才会笔锋一转，情不自禁地写出“欲食林甫肉”的咬牙切齿文字。

“永元荔枝来交州，天宝岁贡取之涪”，用此对比同是苏轼的诗句，“日啖荔枝三百颗，不辞长作岭南人”，太能证明诗人性情妙在不太确定，也能证明诗人论事笨在不会精确。这不是苏轼头一次如此说话了，在黄州时，他随口一吟，“人道是三国周郎赤壁”，就将完全有可能是大破曹军之地的黄州赤壁，弄成只是听别人说的，而给后人留下魏蜀吴三国时期最著名的疑案。当然，这也不能真的太怪苏轼了，毕竟他也是后来人，不是亲历者，只要不是亲身经历，那就是道听途说了。如此来看，苏轼也算是真性情。

当然，活在传说中的岭南人，也是在选择性遗忘。

苏轼分明说得很清楚，他是眉山人，从小到大生活在这一带，很清楚永元年的荔枝来自交州，天宝年间，那些进贡给杨贵妃的荔枝，都是取之于涪州等地。等到苏轼想做岭南人时，并没有具体事实，只是表达嘴馋，天天都想吃荔枝,尽量将自己嘴馋时的样子写得很有诗意,也很传神。这一点，司马光的《资治通鉴 · 唐纪》有明注：“自苏轼诸人，皆云此时荔枝自涪州致之，非岭南也。”

夫有尤物，足以移人。

长江之长，长江之大，足够生产层出不穷的奇珍异宝。比如难一见的白鳍豚和中华鲟，还有天鹅洲上成群结队的麋鹿等。阮元的《岭南荔枝词》说：“岭外传书唐伯游，风知露叶汉宫秋。如何天宝年间事？欲把涪州换广州。”再珍贵的宝物，也不能落到唐天宝年间担任宰相的李林甫那类人的手里，成为谄媚求宠的尤物。如此荔枝才能够在北纬二十九度的合江等地，继续做着万里长江上受人喜爱的尤物。

21 山水有情，天地对饮

不是亲身经历，很难想象在川黔滇三省交界处的大山中藏着数不胜数的河流。汽车向前进，转眼之间就会跨过一条河流。若是在别的地方，肯定是由于河流的弯曲，而使道路不得不重复跨越，在河流上来回走了十几遍，到黄昏落日，一问当地人，或者一看地标，还是早起清洗过睡梦的那条河。在横断山脉中向着长江源头行走，几乎不可能将同一条河流跨过两次。在一条河流边深深吸上一口富含氧离子的新鲜空气，等到如醉如痴般不舍地呼出来时，有可能人已经到了另一条、具有另一番景象的河流。

在个人的阅读经历中，乌江、嘉陵江、岷江、赤水、沱江和金沙江，每一条都是何等的雄奇，从没料到会有这样的可能，在短短三天之内，能亲手捧起每一条江的江水洗净满脸尘埃，能用每一条江边的激浪做元素强化疲惫已久的筋骨，包括无比景仰地享受每一条江水滋润生长的物产，无限陶醉地聆听每一条江水与四周群山共鸣所产生的仙境里的音响。

江水洗过脸后，一天奔波下来，不太觉得还有再洗一下的必要。

与激浪做伴的时间很短,而身体里总有一种向上的能量。

最能感同身受的是，比如都是江里捞取的鱼儿，都是从没体验到的美味，哪怕是一样的品种，从这一条江到那一条江，再到另一条江，令人不舍从餐桌边离去的感觉总有这样那样的差别。

至于这大水与大山合奏的乐章，或许还能分辨出原因。

在嘉陵江波涛微微送上来的旋律里，细细密密地编织着绵绵不尽的倾诉。我相信这是由于重庆的缘故，我也相信别人也会相信我的相信。如果不是由于重庆，嘉陵江就不会千般亲密万般依恋地将自身流放在无数轻舟画舫、大厦高楼之间。在这样的倾诉中，嘉陵江最令人愁肠寸断的是国之将破，家已半亡，那一群群流亡在这江两边，将《松花江上》唱到泣血的爱国学生和热血青年。

在乌江，曾经用很长时间来犯一种太多人都犯过的错误。这错误很美妙，也很悲壮。几乎从读书识字时开始，一群群的少年都会将课本中西楚霸王项羽自刎的乌江，认定为地图上这条唯一的乌江。安徽和县那叫乌江的地方，即便知道了，也亲眼看过了，与以涪陵为长江入口的乌江相比，情感上会有一种不讲道理的蛮横，以为还是上与嘉陵江隔山为伴，下与白帝城依水为邻的乌江，加上四周的峭壁悬崖绝岭，才更般配那位盖世英雄。乌江真的美妙悲壮，不是项羽的，而是那支名为中国工农红军的队伍，以血肉之躯强硬地征服这条从未被征服过河流。从此，乌江的湍急没有变，乌江的狂野没有变，但自湍急与狂野的深处，弥漫起一丝凝重与庄严。

在嘉陵江和乌江上游的岷江，那天在高场水文站，工作人员用五百公斤重的铅鱼儿从几十米深处取回岷江江底的流水。不是亲眼所见，很难相信人所无法看透的江底，那几近清明的水，怀着诗一样朦胧的温情。长江之长，远远超过一个人的命运，江油李白、眉山苏轼，在岷江上是何等英姿勃发，等到成为黄州苏东坡、当涂李太白，水还是长江之水，人却无可奈何花落去了。再加上汨罗江上的屈原、杜甫，即便是这等能让文章千古的人，也不过是阳光侧映下，取水瓶中彩虹一样悄然闪烁的情绪。

那被红军接连四渡的赤水，似乎从此就晕头转向了。曾经写过赤水，那流眉懒画，吟眸半醒，与天同醉的模样，能让似轻薄低浅的云，竟然千万年不离不弃！分明貌合神离的雾，坚守着千万年有情有义！所谓赤水，正是这种醉到骨头，还将一份红颜招摇于市，一步三摇，撞上高入云端的绝壁，再三弯九绕，好不容易找到大岭雄峰的某个断裂之缝，抱头闭眼撞将进去，倾情一泄。有轰鸣，但无浑浊，很清静，却不寂寥。狂放过后是沉潜，激越之下有灵动。一条河，能够成就三大美酒，树已微醺，石也微醺，微醺的还有泉、水、雾、云。

山和水的殊途同归，云与雾的天作之合，注定要成就一场人间美妙。舒展如云，神秘像雾，醇厚比山，绵长似水。谁能解得从赤水到沱江，这使人心醉的万种风情？山水有情处，天地对饮时。是说要醉就要醉到沱江那种地步，不管不顾，看到长江了，哪怕眼前乱山堆成了山，巨浪如惊天雷，也要像一棵棵榕树那样，将沧桑青石和岁月老墙揽在怀中。又似美人暗自饮了半盏，碎步上前，将云水般的腰肢与胸脯，轰轰烈烈地投入爱河，乾坤颠倒，阴阳转折，将万种柔情尽情溶化，为着一生一世，波澜壮阔，三生三世，不改初衷。

赤水一醉是沱江，沱江一醉就到金沙江了。

五月五日上午，在宜宾的合江门广场，站在那块铁质的地标上，上面铭刻着：金沙江、岷江于东经103° 36'—105° 20'，北纬27° 50'—29° 16'交汇于此，始称金沙江。地标标记金沙江、岷江从上游来此交汇成长江。我们的行走是从下游长江而来，去理解作为上游的金沙江，还有比金沙江更上游的雪原与冰川。三江分割的三座山上各有一座塔，宜宾人说，从天上看，这三座塔的倒影正好重叠在三江口正中。那是在飞机上才能看到的，在合江门广场上，只能看到巴蜀鬼才魏明伦兄所写的《宜宾赋》。五月三日在重庆时，他一早来电话，深谈良久，要改湖北一位作家的长篇小说为川剧。我们约定，如果改编成功，剧本交由《芳草》首发。我们有很多共同的想法，相信这样的想法也是更广泛意义上的我们的共同想法。

合江门广场，面对的只是三江合一。

长江万里，最伟大的业绩是将万水千山化为共同能量。

22 人的老家

一条路固执地往看似绝境的地方走下去，总会是柳暗花明又一村。

一条河流百折不回地向着崇山峻岭深处钻将而去，一定是由于旷世大美的诱惑。

万里长江在宜宾的三江口变成金沙江后，与绵绵大山较劲的劲头更大了。从江河的意义来说，水流的方向就是流水的全部能量。流水下泻的力量，是地壳表面一切山水奇观的唯一操盘手。这并不表明只要是逆流的方向就等于手无缚鸡之力了。从吴淞口起，理想的江水向东，寻梦的我们朝西，虽然没有被一路狂泻的江水直接砸到脸上，那几乎与迎面扑来的大浪撞个满怀的诧异却是家常便饭。

逆水而行，江上要塞一样的马鞍山和小孤山，分明水边菩提是金山寺和白帝城，还有人间仙境的天心洲和百里洲，全在说着无边落木萧萧下，不尽长江滚滚来。

所以，必须坚信，单纯用一种知识来解释滔滔不绝的江水，不仅片面荒谬，更是独断专行。否则，世上所有的逆流而动就会变得毫无意义，而让这个世界人人都是随波逐流者，物物都会见风使舵。

被叫作金沙江的长江，每一段江流上都有一级独一无二的巨大险滩。这一级级的险滩，像台阶一样，让逆流而上者，见山高时随着步步升高，遇水急了反而能安然渡过。

左脚踏在白浪上，

右脚踩在花崖边。

水不回头山不留，

半江情长半江短。

这四句话是在元谋的土林遥望被叫作金沙江的长江想到的。

元谋县的土林与石林县的石林，西双版纳的热带雨林，并称为云南著名三林。石林与热带雨林早就被人们熟知，知道土林的人不多，那魅力更让人不得不反复揉几下自己的眼睛，以证明亲眼所见是实而不是虚。那天，从高海拔的乌蒙山来到金沙江河谷地带，扑面而来的酷热，正适合与意想不到的激动相伴。土林有很多的好、很多的美、很多的妙，百分之九十九的水蚀加上百分之一的风蚀，造就远远超过魔幻的现实。这样的现实再次验证，人间之事，只有人脑想不到的，而没有自然做不到的。

身在土林而不为土林激动，原因就在于这样的激动要留给元谋的山山水水所做的更加令人匪夷所思的事情。

元谋的孩子有一样别处的孩子无法拥有的技艺。

元谋的男孩女孩都会用舌头辨别化石。

很早的时候，元谋的孩子上山砍柴，累了饿了时，就会掏出随身带着的土豆，放在地上烤熟了吃。要烤土豆就需要火，孩子们上山只带土豆不带火，需要用火来烤时，孩子们就会在地上找一块被称作火石的石头，砸成两半，再用薄的一块去敲击厚的一块。在两块火石之间，会放上一团火棉。火棉也是随手从山上找到的，有几种草，背上长着一层白绒，将白绒一点点地撕下来，揉成团放在那块厚一点的石头上，两块石头敲击时产生的火花溅到火棉上。见火棉冒出青烟了，孩子们就扔下另一块火石，噘着嘴对着火棉冒烟处不断吹气，直到火棉上冒出火焰来。从一九六五年起，元谋当地人不再将这种石头叫作火石，一致改称为化石。率先将火石叫作化石的那几个人，还教会孩子们将石头放进嘴里，用舌头舔一舔，那种滑滑的，没有任何感觉的是普通石头，如果是涩涩的，舔几下也舔不动的，那就是化石。那一年，成昆铁路元谋段开始修建，从北京来了几位地质工作者，发现元谋境内到处是化石，地质工作者还有铁路上的本职工作,极少有时间顾及其他，就教孩子们用这种极简方式辨认化石，并将发现的化石报告给他们。

一九七二年二月二十二日，新华社向全世界发布了两项重要新闻。其一，美国总统尼克松访华，从而结束两国几十年敌对状态。其二，中国的考古学界在云南省元谋县发现距今一百七十万年的“元谋人”，并援引《人民日报》报道：“这是继中国北方发现的北京猿人和蓝田猿人之后的又一重要发现，对进一步研究古人类和中国西南地区第四纪地质，具有重要的科学价值。”这一重大发现引起了国内外学术界的广泛关注。中国考古学界泰斗贾兰坡先生后来评价说：“我国西南部广大地区，根据已有线索来看，位于人类起源地范围之内。云南不仅发现了‘拉玛猿’化石，

元谋土林

而且在元谋的上那蚌距今大约一百七十万年的地层中还发现了‘元谋人’牙齿和石器，就是有力的证据。”

越是古老的祖宗对后来人智慧的考验越是严酷，北京人在八十万年前留给后人的还有一只头盖骨，元谋人这些老祖宗，就只留下两枚牙齿，几捧炭灰。

这使人想起同样是老祖宗留下的一个传说，某地苦旱，久不下雨，老父亲临去世前，指着满是焦枯庄稼的土地，自称在那里面埋着宝贝。安葬完父亲后，两个儿子就开始在各自的土地里寻找父亲留下的宝贝。挖了多时仍一无所获，小儿子以为这是骗局，就不再寻找，连旱得寸草不生的土地也不要了。大儿子坚信父亲的话，不辞辛苦地在旱得能冒青烟的土地里，挖了一遍又一遍。宝贝还没找到，天却降下大雨，大儿子赶紧将种子播进土地里，获得一季好收成后，大儿子这才明白，原来父亲说的宝贝是什么。

元谋人不肯留下太多的东西给后人，一定也是不想后人坐享其成，养成饭来张口，衣来伸手的坏毛病，却还怀着对子孙后代的怀柔之心。一九七七年秋天，我在工厂当工人时，受派陪同厂里的一位采购员乘火车在成昆线上走过一次。火车在这一带穿行时，隔着车窗户望见的人间情境，只能用惨不忍睹四个字来形容。在更早的一九六五年，作为地质工作者的钱方先生能够长时间待在这一带，这又应了老祖宗留下来的法则：天道酬勤。否则，有那么多专门负责与不再说话的祖宗沟通的考古专家遍寻而不得，老祖宗偏偏将万千宠爱集于一人，将一百七十万年前人类的密码，交付给这位粗通考古的青年地质工作者。

一九六五年五月一日下午五点，长江上游金沙江畔的元谋县上那蚌村西北小山岗上，协助修建成昆铁路的地质工作者钱方等人，经由当地放牛老人的指点，在发现过化石的地带忙碌了一整天，临近黄昏时，一行人放下工具席地而坐。闲着也是闲着时，钱方先生的目光落在脚下那片黄得发红的黏土上。就在这一刻里，太阳魔幻般变回到亚热带的太阳，远处喜马拉雅山的海拔高度也魔幻般变回到一千多米，形不成气候屏障，南坡和北坡都能受着印度洋暖湿季风的滋润，在檵木、棕榈、雪松、藜科和豆科广布的森林草原里，三趾马动物群以及鬣狗和大唇犀等动物，正在安详地觅食。一切久远历史的发现，都只有这恍惚般的一瞬。与上更新世瞬间相遇之后，钱方先生一眼看见，在那四米高的土包下面几颗哺乳动物的牙齿化石，半裸露在地面。在除去云南马的牙齿后，剩下来的就是两颗元谋人牙齿化石。这时候的喜马拉雅山是真实的八千多米，印度洋的暖湿气流早已不肯光顾这片以干旱为日常的坝子。

两颗元谋人牙齿化石被钱方先生小心翼翼地用地质锤挖出来后，天上忽然下起像一百七十万年前滋润过这座坝子的温柔小雨。

天在小雨中黑下来。

在地下埋了一百七十万年的人类光辉却再也无法遮掩了。

五月六日我们到元谋，不算年份，恰好是五天前的那一天。在第四纪更新世早期地层中，偶然发现两颗牙齿化石，呈浅灰色，石化程度很深，为左、右中门齿各一枚，属青年男性，形态特征与北京人相似，时代比北京人更早。经科学手段测定，这两颗牙齿化石为距今一百七十万年的原始人类所有，属直立人种中的一个新亚种——直立人元谋新亚种。伴随元谋人牙齿出土的，还有十七件石制品，经研究鉴别，属旧石器，其类型包括尖状器、刮削器和砍砸器。在同一地层中还发现了大量的炭屑和一些烧焦的骨头，并且在有炭屑的地方都伴有动物化石，属共生哺乳动物化石，似乎说明，元谋人不仅会使用自己制造的工具从事狩猎及采集活动，而且还学会用火，用火烤他们所获取的猎物，已经摆脱了茹毛饮血的进化阶段。元谋人的发现，对于揭示人类演化和发展的历史具有重要的意义。贾兰坡先生所言太过谦虚，实际情况是，元谋人的发现，改变了人类进化研究中的非洲中心说。即便如此，贾兰坡先生所说的话，“……这个在过去被人们曾称为世界十大问题之一的‘人类的起源’，如果能在云南得到证据，则可被称之为‘人类的老家’”，足以震撼全世界。

元谋的地很苦，一年当中能够收一季、种一季，再收一季、再种一季，只要人愿意，甚至能在这块土地里收上四季、五季。土地苦了，物产则多了，这是原始人类赖以生存的保障。收获季节多了，播种日子多了，元谋人也苦了，然而劳动对于人的创造与进化是第一位的，劳苦多了，进化的概率也就大了。

有的人，对最早人类使用的工具要求过高，认为人工打制的石片得带有台面、打击点、打击泡等，才能算是人工痕迹，然后再修理成一定的类型才能算作具有第二步加工的石器。其实遥远古代的某种猿类，走到三岔路口和人“相揖别”的时候，也没有谁能看出其中的区别。当你看出其中的区别，彼此分离，已经是遥远的事了。这些话也是贾兰坡先生说的，他指向的是考古思想与学说，连带这些在长江上逆流行走的举动，也在其言所指当中。这并不是说，逆向行走与随波逐流就是某种猿类，在三岔路口与人相揖别，诚如人类必须一万遍欢呼，庆幸找到了“北京人”“元谋人”，从而将天大的为什么，撬开一丝得以窥见真理的缝隙。

23

天地初心

虎跳峡这名字，是通过小学语文种在记忆里。

我一直坚信，最早描写虎跳峡的这篇课文，就在小学四年级或者五年级的语文书里。这种记忆清晰而坚定，只要提及虎跳峡，当年读这课文时教室的情形，甚至同学们摇头晃脑齐声朗读的模样就会浮现出来。同龄人中却没有这种记忆，无论我怎么说，他们就是不肯表示赞同。按道理是不应该出现这种情况的，不比现在，在人教版教材之外，还有苏教版、鄂教版等等。那时候全中国的孩子手里拿着的课本全是一样的，既然我读过，别人也就应当读过。出现这种情况的唯一可能是谁的记忆出现差错，如果错的是我，那这将错就错的记忆是如何弄得假作真的呢？如果那时的语文课本中真的没有相关虎跳峡的课文，这记忆的来源就只能是某种课外的强大阅读了。

天下的孩子都有去课文描写的那些奇异地方看看的想法。别的书若有相同描写，效果都要差几个量级，远不如课文，一堂课下来，那念头就根深蒂固不可磨灭了。多少年后，成为一个人理想的虎跳峡终于出现在眼际里，尽管早过了遇事容易激动的年纪，心里还是出现强烈震撼，表面上心如止水，内心深处早已回到青春年少，对着山，对着山上一棵树，对着山上的一蓬荒草，对着山峰与山峰之间的白云发一声呐喊。再对着水，对着水上的一个浪头，对着水上的一处漩涡，对着水流与水流撕裂处的礁石吼一声赞歌。

长江上，一万里的流程里，甘露寺坐落的北固山，金山寺下的金山，李白安息的马鞍山，如锁江铁柱的小孤山，作为马当要塞的马当矶，构成田镇要塞的南山、象山、演武山，文武兼备隔江对峙的赤壁山和西塞山，与黄鹤楼齐名的龟蛇二山，从来就是三峡门户的鸦雀岭，这些是临水的奇险小山。还有赫赫有名的大山，因为山太大而离江水稍远，如黄山、庐山、大别山、武当山、神农架、武陵山、峨眉山和横断山。这些小山和大山，出现在长江水流范围之内，无一不是为着对肆意雄浑的大江大水的制约与阻击，不使其变成汪洋。

唯有虎跳峡与之相反，站在有水雾溅到脸上的峡谷底部，在眼光能及的最高处，是一只鸟飞过就能挡住的玉龙雪山。与玉龙雪山一样高耸，一样峻峭，隔江对峙的哈巴雪山，飞鸟当然也能挡住。再有一片红叶，一朵蒲公英绒花，或者突然自天而降的雪雹，像是特意飘来，将只肯在山石缝隙间轻轻闪现的玉龙雪山和哈巴雪山做再一次遮蔽，使得看上去已被万般约束的金沙江水，一泻九千里，畅畅快快地直达崇明岛外的吴淞口。

看了雪山再看虎跳峡，看了虎跳峡再看雪山然后又看虎跳峡，那些最自由的目光，也要受到制约。在虎跳峡里，天空是一种奢侈品，天赋空阔无边的权利被剥夺了，不再属于天空，也不属于比天空空阔的峭壁，更不属于超越天空拥有源源不断来水的流响。天空成了碧玉做的，琥珀做的，铂金做的，成了一枚枚手指上的挂件。

若非手指所指，天空的去向就会成为一种疑问。

若非手指所指，就需要重新发现天空在哪里。

若非手指所指，头顶那片浅薄的景致很难认定为天空。

只有最自由的手指指向，才能从狭隘成老街古巷的虎

虎跳峡旁的雪山

L.N. 5.XI

跳峡里，探求到我们身心中隐秘的需要，不敢言说的拒绝，以及犹犹豫豫的蹉跎。人类的手指纤纤，不单单是一种美妙，还在于十指连心。在虎跳峡，所有手指都在指向那块江心巨石，不用问那一定就是虎跳石。事实上也没有谁去问，十八公里长的峡谷，正用二十一处仿佛海啸的险滩，再用十座宛如天河的瀑布，一同呼啸，一起怒吼。除非智力失常，谁会问这个不需要答案的问题？一根根伸在江面上的手指都在微微颤抖。是江风吹的！是江涛震的！也是江水太凉冰得哆嗦的！人都明白的同时，人心都在疑团中战栗。那从上游石鼓镇奔腾而来的每秒八千多立方米的大洪水闯过来时，这山水天地是否会一起升华，那样的升华又会是何种形态？联系在手指后方的一颗心，一定还要想，白日隐去，星月当空，远山如漆，如此惊心动魄的虎跳峡，或许连老虎都不敢接近，有最圆的月亮辉映，最亮的星星照耀，也会让人怀疑，天塌了，地陷了。

江水过峡之快，只弹指之间。

江水过峡之猛，疑为指天画地。

江水过峡之奇，简直就是指鹿为马。

风驰电掣，雷霆万钧，山呼海啸，天崩地裂，对伟力的形容再多，放到虎跳峡里都嫌不足。由虎跳石率领的大大小小的礁石，由玉龙雪山和哈巴雪山治下的高高低低的群山，如此天地配置，在别处唯一的作用是阻碍，放在虎跳峡中，却是为了给春潮、夏浪、秋涛、冬汛，添加额外动能，激发出超常能量。

右岸海拔五千五百九十六米的玉龙雪山只留守最高处的雪，作为芳心，将其他的雪，连同紧挨着雪的泥沙砾石，全部交付给虎跳峡。

左岸海拔五千三百八十六米的哈巴雪山只保存顶峰处的冰，作为初心，将多余的冰，连同混合到一起的永冻土，统统贮备到虎跳峡。

与两侧山顶落差三千多米的虎跳峡是温柔者的芳心。这是再大的水来，再大的浪来，依旧不偏不倚，更不会见异思迁的香格里拉用一百万次桃花汛所证明的。

江流最窄处仅仅三十多米的虎跳峡是刚猛者的初心。这是最强烈的泥石流来，最狂妄的大雷暴来，仍然我行我素，绝不会偏安一隅的大虎跳石率领一连串的小虎跳石所考验过的。

都当惊世界了，还要再向上两千里寻求天赐，这样的虎跳峡注定是人间课堂里永远的课文。

24 虎族之花

沿金沙江向上走到一个叫石鼓的纳西族小镇。通向水边的石阶下，就是万里长江第一湾。

下了车，还没到达江岸，心中忽然生出一种思路，想起下游几十公里处的虎跳峡，之所以如此雄奇，想必是受到这第一湾称号的刺激，也想被冠以万里长江第一峡的美誉。还有容不得任何主观臆想的事实，又因为从青藏高原奔腾而下的怒江、澜沧江、金沙江，在号称世界地质奇观的横断山中，形成地球上找不到第二例的三江并流，到了石鼓这里，伴行多时的金沙江，突然丢下怒江和澜沧江，独自转身，实实在在，丝毫不差地拐了个一百八十度大急弯，从本来的正南方向，变为正北方向。人在跑得最快时突然转弯，也会产生头脑想到了、身体跟不上的剧烈扭曲。

一条携带万顷波涛的大江，潮头与潮尾的差异更大，好不容易全部跟将上来，在兔子急了也咬人的道理下，借虎跳峡做一次情性的大爆发就是必然的了。

小镇一处街角旁，一位专卖用各种山中猛料，制成各种天然猛药的纳西族老人，佩戴着一件不起眼的饰物，上面绣有“虎族之花”四字。我用手机拍下来，发给这一带的几个作家朋友，才知“虎族之花”是纳西语“刺巴”的汉译，而“刺巴”则是当地纳西族人对石鼓小镇的称呼。

所以，石鼓小镇是名副其实的虎族之花。

金沙江将自身转折处选择在虎族之花，也只有虎族之花配得上如此转折。

虎族之花处，金沙江水梦，如此梦想正是为着奔向万里长江。

历史与自然，是这个世界上最默契的一对，相比嫡传父子、百年夫妻、同胞兄弟也是有过之而无不及。自然变迁会让鬼哭神泣，历史转折处也免不了惊天动地，而后留下各自的虎族之花。

在乌江畔，就曾遇上历史转折时留下来的如虎族之花般的不朽身影。

小镇一景

乌江水不算清，也算不上浊，一座山映在江面上，影影绰绰，亦真亦幻。在山连着山的倒影上，分明还有一种身影不是倒映在水中，而是以天造地设的方式出现在所有倒影之上，让本该使人心醉得万物花开的倒影，成为一种与时宜不相合适的突兀。这样的倒影不能称之为倩影，那是万般无知带来的一种轻薄。也不能说成是英姿，那也只是相比无知略好一些的浅俗。幸好后来能在金沙江畔，得幸天恩，赐我以虎族之花，否则也会因为找不到合适的词汇而无地自容。

到达赤水后，能将江河望穿的还是那从乌江开始一路跟随的虎族之花。

这虎族之花般的身影叫中国工农红军，曾经有十万之众，万里征尘尽染，来到乌江与赤水的只有一万余人。热的血为赤，铁的血为乌。余下九万，用浓的血染透赤水，用铁的血铸就乌江，再伴以熊熊大火与滚滚硝烟，深深铭刻在包括乌江和赤水在内的源流之上。没有强渡乌江的就不是红军，没有四渡赤水的也不是红军。乌江强渡了，赤水四渡毕，长江上游注定要为历史留下一个个别样的经典，长江上游还会用自身创造的前几个经典，再造出更加伟大，更加不朽的经典。从乌江到赤水是这样，从乌江和赤水再到金沙江又是如此。

中国工农红军十万将士，将生死存亡的转折托付给乌江、赤水和金沙江，太不像历史的选择，而应当是苍天在上的一种过于残酷的诗意的安排。金沙江在石鼓这里成就万里长江第一湾后，江水从向南流改变为向北流，此后虽然免不了还有这样那样的艰难险阻，却是春水满江越来越浩荡。红军将士在冲破这些天堑以后，心中怀着的理想星火，天天都在向着宏伟目标无限接近。

没有虎族之花的怒江和澜沧江，不曾转弯，也没有掉头，而是顺着各自习惯了的大峡谷，轻松自如平平淡淡地往滋润的南方去了。金沙江到了石鼓。石鼓之地真有石鼓，是汉白玉雕刻的，上有一道裂纹，战乱年代裂纹久开不合，和平时期裂纹久合不开。金沙江到来时，从不发出声响的石鼓山崩地裂地响了一声，仿佛一声召唤，偌大的江流说掉头就掉头，想转弯就转弯，硬生生地将向南的流水，一滴也不落下地改为尽数往北。

传说若要石鼓再响，除非金沙江不再逆行向北，重新径直往南。继续与怒江、澜沧江携手并肩，成就事不过三的三江并流。一九三六年四月二十五日，金沙江流水如往常一样该惊涛骇浪处依旧惊涛骇浪，是波澜不惊的照常波澜不惊。没有任何预兆，连白云下最敏感的飞鸟，岩泉边最灵醒的獐子都没能提前知晓，那汉白玉石鼓说响就响，仅仅一声，石鼓小镇就沸腾起来了。

一位被誉为金沙江第一船工的老人，曾经在石鼓水文站工作，老人每天早上都会绕着汉白玉雕刻的石鼓走上一圈，再绕着小街纵横的石鼓走上一圈，直到一百零四岁那年才停下脚步。行走的时候，老人会在嘴里含一坨生羊油，不知情的人将此当成老人长寿的秘诀。能有资格称为金沙江第一船工，并非因为老人长年划船在金沙江上测量水文，而是年轻的时候，划着木船，帮助红军渡过金沙江天堑。一九三六年四月二十五日这天，一万八千多名如虎族之花的红军将士来到了万里长江第一湾。石鼓响起来后，他和别的船工一道拿起船桨，用七条木船、二十只木筏，在沿江六个渡口向东横渡，将红军一船船地送到金沙江对岸。人多船少，当船工四天三夜没休息，又冷又饿时，老人抓起一坨生羊油塞在嘴里，等到大队红军全部运送到金沙江对岸后，得空回味生羊油的特殊奥妙，自此形成独一无二的养生方式。

待如虎族之花的大队红军北上去远，虎族之花当地人才想起来，石鼓已响过多时，传说中金沙江会掉过头来重新与怒江和澜沧江三江并流的预言为何没有兑现？骨子里人人都是虎族之花的中国工农红军与虎族之花不期而遇，万里征程中，每一步都是雄韬伟略，大智大勇。金沙江何须再改变！有虎族之花的红军，将会改变比金沙江更加源远流长的历史，在这样的长河里，金沙江再来十次大转弯也是可以忽略不计的。

25 那是铁虹

人死如虎，虎死如花。

这话看着浅显，要说得人人明白，一点也不糊涂，还有些难度。人之既死，无非一摊腐肉与白骨，与老虎不存在任何关系。老虎死与人死，也是一样的，老虎肉也会腐烂，老虎骨头稍有不同，在变成白骨之前，一定会被人拿去用酒泡上几十年，等到骨头里有用的东西全部流失到酒里，虎骨也会成为白骨一样的废物。到了这一步，最丑陋的牛粪花，也要强过这样的废物，况且这话里的花，一定是如花似玉的花。将这样的花与死老虎连在一起，实在让人费解。

有些字必须放在一起，有些字能够勉强放在一起，还有些字是不能放在一起的。人死如灯灭，人死如虎，虎死如花，这三句话正是这三个层次。

汉语是由一个个字组成的，每一个字都有其特定的意味，都能用独有的文化品格独立传播与传承。就像铁字，让人首先想到坚硬深黑的日常金属，还能用于对各类只可意会不可言传事物的形容。还有，只要虹字一出现，谁都知道那是雨后初晴，天际中最美的风景，在美景背后的虹，是虚幻的没有抓手、短暂不长久、华而不实、只求虚荣的代名词。

汉语的奇妙在于，可以将不同的字创造性地结合在一起，改变这两个字原本的意思。比如将铁字与虹字组合在一起，成为新的词汇：铁虹！除了一下子读到并在心里自然产生褒扬的理解，任谁都不可能琢磨出相反意义。

铁虹一词是在石鼓小镇的铁索桥上遇见的。

那条不太起眼的冲江河，宛如斜刺里杀出来的蹊径强人，紧贴着小镇的眉眼插入金沙江。

在金沙江眼里，冲江河除非用最暴烈的方式，才能引起她的注意。毕竟这河这水也是从与玉龙雪山和哈巴雪山纠缠不清的那些大岭深谷里冲出来的，目标也就是到金沙江为止。冲江河确实是如此自我表现的，咫尺之遥的大江大水经常泛着清波，冲江河里的浊浪却是经常横冲直撞。

高山上的山

不是铁索桥，无法横跨这冲江河上。

铁索桥宽一丈，长五丈，连接成铁索的铁环全部由手工打造，上面布满铁锤锻打留下的粗糙痕迹，桥两头有风雨门楼，分别赋予“上下天门”“退还庆幸”匾额，而深刻在铁索桥上的“铁虹桥”几个字将当年的才子气韵表露无遗。传说中，三国时期，诸葛亮为平定南方十八洞蛮，在此“五月渡泸”（金沙江古称泸水），借的就是冲江河水几乎一下就到达金沙江主流的冲击力。公元一二五三年，忽必烈又在此“革囊渡江”，则是沿用诸葛亮的计策，继续借助冲江河之力，将将士送到金沙江对岸。元明两代都曾在此设立巡检司，牢牢掌握着茶马古道和古丝绸之路。此中英雄辈出，强豪不断，于铁索桥却是晚清当地才子所倡建，至今留下口碑的匾额与桥名，也是才子所为。

也有才子所不能为，小镇从前的名字叫虎族之花，因为虎是纳西人崇拜的图腾，这金沙江边极为奇特的小镇就有了一个灿烂的名字。明嘉靖年间，一个叫木高的土司为纪念其连年征战战果累累，就用汉白玉石材雕刻了一面直径为六尺、厚度为一尺八寸的石鼓，竖立在铁索桥头。有人讨好取巧地将小镇叫作石鼓，见土司没有反对，其他人也只得跟着叫起来。

让才子无可奈何的还有二〇〇八年夏天的大洪水，从上游岗拖、巴塘、奔子栏等地倾泻下来的洪峰，一夜之间就暴涨到海拔一千八百二十七点二米处，将小镇淹得既不像虎族之花，更不像石鼓。面对流量高达每秒八千多立方的洪水，铁索桥上的粗大铁索，只能在水底暗暗地做点绊马索与绊脚石那样的事，虽然不遗余力，到底还是无法羁绊。那汉白玉石鼓占了较高位置也无法避免与鱼虾为伴，被青苔蒙垢，波浪击打着石鼓的所有部位，石鼓不响波浪能代替它响，涛声如鼓，鼓如涛声，向前漫卷金沙江大转弯，往后漫卷石鼓、漫卷铁虹、漫卷虎族之花。

上下天门，退还庆幸。怀如此境界的才子也是才子。

将钢铁与彩虹联系到一起称为铁虹的才子也是才子。

这小镇存在了好多个八百年，从下往上走有七条街，从上往下走有八条巷，从东往西走有许多爬满青藤的小院，从西往东走有许多老木料做成门窗的小楼。那些用彩衣彩裤打扮的青春岁月，那些用青衫黑褂披挂的沧桑日子，一摊子黑色金属打制的生产用具，两摊子用塑料制作的家常用品，三摊子老式胶鞋新式皮鞋不老不新的布鞋，四摊子山里产的吃货山外来的零食，此外的摊子全是花花绿绿五彩缤纷的女人裙袂，间或还有几样男人衣裳。

那开满街巷的三角梅似有十倍的鲜艳，那环绕小镇的桂树相比别处平添了许多娇媚，那在外围将桂树与小镇一起环绕起来的柳树，居然不见了柔弱，尽显求之不得的娇贵。还有冷不防高出万物的蓝花楹，一片叶子也不曾生长，就将千朵万朵的紫色花奉献给宽阔适度的山谷。

这些都是为了印证那句话：石门对石鼓，金银万万庑；有人猜得出，买下丽江府。小镇到兵家必争之地的石门关没多远，溯江而上过石门关，再到丽江城也没有多远。对小镇来说，买下丽江又怎么办，路程再近也不能搬到小镇这里来吧？这才有小镇更看重的“山连云岭几千叠，家在长江第一湾”。也是因为有了这句话，街巷里那卖铁质生产工具的敲响一下铁铧，一声尖锐的金属里，满街挂着等待主人的衣衫一齐飘扬起来。将这样的情景说成是铁虹，是不是有些勉强？那再敲一下铁锹，让满山的杜鹃花一齐飞舞起来，至少与铁虹有关。那真的铁虹桥掩映在浓郁的绿荫中，只要桥下还有浅水，铁虹的意义就会长在。

人死为什么如虎？为什么虎死如花？

那意思或许是说，人死了，人都敬畏，老虎死了，人都喜欢。

我不得不佩服将铁虹二字组到一起的那位纳西族才子，铁的意思也是为了让人害怕，虹的意思也是让人喜欢。

26 任性到玉树

终于踏上“万里长江人文行走”的最后一程了。最近一阵一直在创作新的长篇小说，按过去的习惯，这样的时候自己是断断不会三心二意地再去做别的事，然而，一想到终于有机会拜谒到那日日夜夜从我们生活中流过的滚滚大江的本源，就觉得再重要的事情也值得往后推一推。

记不得上次任性是什么时间了。这一次，我是下定决心了。而且还是一次做出三个任性的决定。第一个决定是要乘高铁，由武汉到兰州再转西宁，飞机再快捷也不选择。第二个决定是必须到玉树，衔接第三阶段走过的金沙江和第四阶段将要率先行走的通天河，再横穿可可西里抵达沱沱河，而放弃经德令哈与格尔木也能抵达通天河上游的经典旅游线路。第三个决定也是不得坐飞机，只能乘汽车在高原上长驱八百二十公里到达第四阶段的起点玉树。

有人说，任性首先要有本钱。其实不然，关键是必须承担任性所带来的各种效应。二〇一七年七月十九日从武汉出发的高铁，像是患了冷热病，过郑州、西安、天水等地，虽然车厢内空调质量够可以的，还是扛不住车外不断变化的气温，一会儿需要加上外套，一会儿又恨不能将衬衣脱了只留下文明人从来不会裸穿的背心。还有兰州转往西宁的动车上，那些持站票站在车厢过道上的乘客，将三分之一个身子凑在我的肩膀上，隐隐约约地唤起上个世纪九十年代在南下广州的火车上被挤成人肉干的记忆。

让人尴尬的还有，武汉在发高温预警，西安在发高温预警，兰州在发高温预警，都到了号称凉都的西宁，手机上跳出的也是高温预警。西宁当地从来不用空调，住处的房间里连电扇都没有，赶上许多年来最热的一天，即便是从火炉武汉来的人，一旦缺少降温的设施，面对老天爷的任性只能是无计可施。好在有当地的朋友用热情做空调，一边说全西宁找不到一台空调，谁要是装了空调，那就等于是在嘲讽凉都，一边请我等于夜里十一点半开始喝青稞酒。都要到凌晨一点了，天亮之后就要开始翻越九道大山

青海湖

的我等发现，青稞酒真的如朋友们所说，是最好的空调，喝着喝着，天气就转凉了。开始喝着青稞酒时，心里还在想，要不要知会老省长，都来这儿了，而且未来的活动肯定要见诸当地媒体，真个一声不响，在情商上总会有点小折扣。一杯接一杯地喝多了，就只记得称赞盛夏时节的青稞酒，是一道解忧的良药，再也不管其他。

第二天早上，按照事先安排，在《青海日报》的一楼大堂，我与三江源国家公园管理局的负责人就三江源地区行政区划的历史遗留问题谈得很火热。从规划长江源之行开始，我就对作为长江之源的格拉丹东冰川，为何落入两省之间行政管理的某种尴尬有了疑问。没想到此时此刻提及此番话题，竟然颇为沉重。我也没有想到，当自己为因应这个话题，摊开那本预备此番行走而购得的几十年前的油印小册子，而引起管理局负责同志的极大兴趣，因为是早期相关地区的土地资源调查综合报告，对方甚至有种如获至宝的感觉，连连称太有缘分了。

在漫长的行走计划中，长江源这一段被放在七月中旬，也是巧了，先是三江源自然保护区在联合国大会上成功申请成为世界自然遗产。接下来宝鸡到兰州的高铁于七月九日正式通车，使得像我这样患有飞机恐惧症，因而对山水大地格外亲近的人，在前往西宁时，也有了现代性选择，同时也能拥有现代化带给人类的高质量生活方式。

与三江源国家公园管理局负责同志的谈话还在进行时，手机铃声响了，一接听，竟是老省长打来的。我赶紧说，昨天到得晚，又被文化界的朋友拉去喝酒，没有及时报告。老省长既往在湖北多有口碑，后来调任青海，听说我们十一点到后才开始喝酒，就开玩笑说，怎么不叫上我，那时我还没睡。老省长仔细问过我们的行程后，很遗憾来不及在青海见面，只能待有机会再回武汉时再聚。在电话短暂的交谈，老省长多有提醒，并说如有困难，到时候直接找他，我则回应自己也算是老青藏了，不到万不得已不会麻烦他。几分钟的电话交谈，也算是一种交心。老省长从江苏到湖北工作，再从湖北前来青海，毕生与长江结缘。我们的行走也是从长江下游到中游，再到上游，最后来到长江源头。相比我们历时四十天的“万里长江人文行走”活动，包括老省长在内的许许多多将毕生奉献给长江的人，更是用自己的人生在行走，方式不同，方法不同，对于长江的情怀却无差异。谈起这些，老省长听后轻轻一笑，随口说了一句，在湖北时，他最爱说的那句话，我们只是在做些实事。

放下电话，举行过简单的出发式，踏上八百公里行程，过日月山、河卡山、鄂拉山。临近姜路岭时，熟悉当地情况的司机，发现还没有正式通车的高速公路上不断有跑长途的大货车迎面驶来，便试着也将车开上高速公路，接下来翻越大野马山、小野马山就变得容易多了。心里一放松，想法也就多起来。这两年，高铁和高速公路都在快速向着西部高原延伸，既是一种经济上的溯源，也是一种政治上的溯源。

天下事情，莫不是殊途同归，那些看上去风马牛不相及的事，并非真的互不相干，只不过是我们的意识没有到位，我们的思想也没有进入到正确轨道。修筑在永冻土上的高速公路两旁，可见到一排排造型奇异，又不失优雅的金属杆。这些金属杆具有与电冰箱类似的制冷功能。中国的高速公路建设者，独具匠心地将这巨大的土木工程，按最简单的家用电冰箱方式进行处理，这想法何尝不是殊途同归？一个简简单单的构思，就解决了世界高速公路建设史上曾经无法逾越的难题。

翻过前面的巴颜喀拉山就是玉树市，青海省作家协会主席、藏族才女梅卓突然来电话。有昨夜那一顿酒，她自然知道我来青海了，我也知道她当时正在远离西宁的果洛，断断没有想到，我正前往玉树，她也在前往玉树。

我本有多次机会早几年来到通天河边的玉树，却因特殊原因而没有如愿。这一次不请自来，前两次受邀需要我做的事情，像是仍旧摆放在那里等着我来完成。

终于来到通天河边的玉树，高原的阳光格外明亮，高原的树荫格外清凉。一座从地震废墟中新建起来的大楼里，聚集了一大群散发着浓烈艺术气质的玉树人。作为不速之客，我受邀请参加他们的“《玉树篇章》系列文学作品首发式”，这一次不请自来，虽然晚了些，玉树用这样的一种出乎意料的方式表达对我们的欢迎，让我依旧可以任性地说，来得正是时候啊！我还任性地说，尽管在都市里，各种欲望碰撞得电光四射时，肯定会产生瑰丽的文学灵感，那些巨大的文学元素，注定只会蕴藏在山的最沉重处，水的最清纯中。

站在玉树，第一眼望见通天河，那清一半、浊一半，激扬左岸，温情右岸，可以迎着高山一头撞过去，可以梦想天外迷离洒出去，如此任性正是长江源起的福地。为了长江的任性实在是一种主观与本能的美妙结合。

踏上高原的人是需要一点任性的。

没有了任性，高原上的诗意就会躲藏在雪山的另一边。

27 麝乡之香

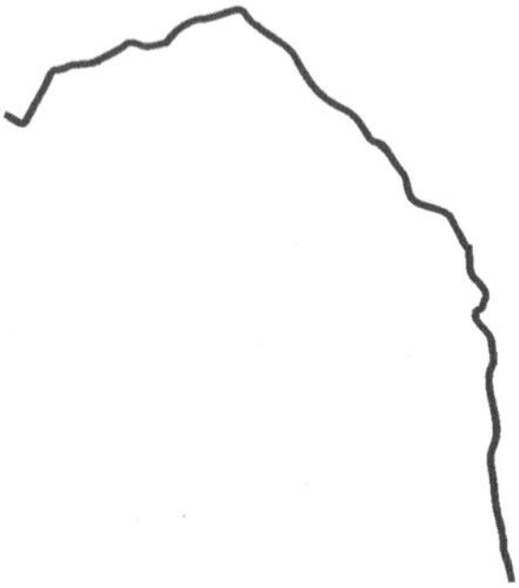

几个月前，离开金沙江时，就曾定下这个七月来通天河。

这中间，在南京遇上一位在青海待了多年的诗人，也不是如何说起来的，那个饭局，我与他谈及的唯一话题，肯定是那个夜晚，全世界上唯有我与他会谈论的。话题的重点是麝香，所涉及的地区是玉树。

来到玉树，与随行的当地人说起玉树的别名，除了歌舞之乡等等，竟然没有人知道，玉树还有一个神秘而美艳的别名：麝香之乡。

因为麝香，玉树与我面对面时，还是顽强想着香艳所在的远方，还有通天河水命中注定要抵达的前方。

离开金沙江上的小镇石鼓，一直忘不了。

能与一个诗人在南京议论麝香，也是由于如此远方和如此前方。

忘不了的更有那些卖生猛山货的生猛但纯粹的石鼓人。

大地震后重新建立的玉树，大街上的人不多也不少，留下来的空间，正好给那些老少卓玛，用于卖藏红花、藏贝母，以及大小扎西，手里提着小袋子，交易那藏着掖着的虫草一类山珍。再过几天就是赛马节，那时候玉树街上的人一定多得风都吹不进去。眼前的玉树，比通天河水流入金沙江后，遇上的第一座小镇石鼓的街巷多，街上往来人员却没有石鼓那儿多。

当然，我们在石鼓时正碰上当地逢一五七赶街的日子，小街中间全是人，两边也全是人。中间的人要么慢悠悠地走着，要么是欲走还留地站着。两边的人则半蹲姿势待在小街边，守着自己的篮子或者地摊，卖着自家出产的手工制品，或是从山上收获的各种山货。一位少妇，看模样是见过世面的，姣好的面容上丝毫没有这一带满脸沧桑的女人都会不时闪现的羞怯，见我们对她面前摆的稀奇怪东西感兴趣，不待询问就主动说，这叫树花。被她称为树花的东西，既可以说是深灰色，也能够称为浅黑色，除颜色特殊之外，更特殊的是那东西摊开来，展现在小竹架子上，大小如一张普通 A4 打印纸，又像画水墨画的，已经在上面用满水墨了，因觉得不满意揉皱后丢弃在一旁，后又因故捡起来，小心翼翼地打开，平摊在那里重新端详的一小张宣纸。叫树花的并无任何花的特征，看不到花蕊、花瓣、花蕾，更没有花香。我以为这是自己在大别山中童年时经常见到的一种苔藓。这种苔藓如果长在岩石上，倒是被我们叫作石花，毕竟这苔藓的模样与石头相比，有幸称为花，并非对苔藓形态的美誉，而是对丑模丑样石头的贬抑。我问这东西会不会长在石头上。少妇回答说，长在石头上的也叫树花。晒干的树花在旁边的布袋里一层层码放好，可见树花在这里很有市场。卖树花的少妇旁边，还有一位少妇，卖的东西更奇特，一只黑不溜秋的东西，像是某种植物的块茎，大得像一只南瓜，旁边还放着一袋从山上挖掘的腐殖土，说是将南瓜一样的东西埋在这土里会生长成很漂亮的藤，是藤草还是藤花听不太清楚。这少妇说话的语气，明显带着清泉一样的清纯与羞涩。

通天河边的玉树，雪山冰川化成水，金沙江畔的石鼓同样是雪山冰川化成水。通天河两岸开着比薰衣草还迷人的紫色碎花，却无人采摘，更无人将其挑上街头。也许是在玉树待的时间不算长，在有限的时间里，只是在玉树博物馆门前的街口，望见几个穿着藏袍的男人，围着一副从自然死亡的雄鹿头上取下来的巨大鹿角，时而激越，时而诡秘地说着话。我有意从他们身边路过，很想也像在小镇石鼓那样，听见他们的话语中冒出麝香二字。

在石鼓的时候，赶街的人带到小镇的东西多到无数，在太多无法识得的山货中，自己意外遇上了麝香。

玉树这儿，人人手里摇着转经筒，嘴里喃喃诵读向佛的话语，那样很像是告诉别人自己来街上干什么，实际情况也是如此，哪怕他们穿着粗犷烦琐的藏式服式，背着或者拿着同样奇异的物什，也能一眼看出其买卖内容。

曾经的小镇石鼓，男人们背来赶街的东西明显不同。男人不会蹲在街边卖那些居家过日子的东西，男人卖的东西以粮食等为底线，能看到的上限是卖些生猛山货做成的生猛物品。小镇似乎有着某种默契，将小街小巷拐角或者较高的石阶等处留给这样的男人。那条布满日用百货摊位的小街应当是小镇的中央大道，与之垂直通向金沙江边的那条小巷口子上就蹲着一个男人。面前的篮子里，盛着的东西，有的似曾相识，有的闻所未闻。似曾相识的是那长着刺的刺猬皮一样的东西，闻所未闻的是那巴掌大小的圆乎乎像只小布袋一样的东西。我也蹲下来，与那男人聊。男人长得生猛，说起话来，除了不太好懂，语气中找不到丁点与生猛配套的强硬。那似曾相识的果然是刺猬，我不明白为何要将张整张的刺猬皮，切割成小块小块的。再问，那圆乎乎像小布袋一样的东西，居然是刺猬的胃，二者都需要研磨成粉后用于治病，不过前者是活血化瘀，后者用于治疗胃疾，从胃炎、胃出血、血溃疡到胃癌都能治，也都有效。我粗读过《本草纲目》，不记得那本包罗医药万象的书中有此记载。那些赶街的人，大约是对我的少见多怪觉得好笑，虽然没有言语，偶尔停下来看我们几眼，目光里流露出一种浅浅的自豪。

与卖生猛山货的生猛男人多说了几句，那男人眼里的蕴藏开始往外浮现，有种神秘的光彩在闪烁。仿佛是他在引诱我追问，他手里还有没有别的好东西。他看我一眼先说没有，还伸手指了指地上，说都在这里。话刚说完，他马上又说，有麝香要不要？听我说要看看时，他又有些犹豫，忸怩一阵才变戏法一样，从身边的什么地方拿出一只小塑料袋，取出一只鸡蛋大小，还留着部分灰黄皮毛的东西。

我接过来只看了不到十秒，后来才知道，这东西叫麝香腺囊。那鸡蛋大小的东西，一半留着公獐的皮革，一半露出剥去皮革的公獐的麝香腺囊，包着皮膜那些神奇的麝香就包在一层薄薄的皮膜之中，从街口照过的阳光照在皮膜上，呈现出斑斓的油画一样的彩色。由于风干了，外面有一层薄薄的天生隔膜。我轻轻捏了一下，又放到鼻尖闻了一下，也许刚好十秒，也许还不到十秒，这辈子最美妙的时间就流逝了。那生猛男人从我手中拿回麝香，小心翼翼地攥在自己手心里。

从早期的《大别山之迷》到后来的《圣天门口》横跨二十年的写作日子，不知有多少次在自己的作品中，情不自禁地提及麝香及公獐。这之前从没见过麝香与公獐，只是在少年时期，无数次听大人们说着大别山中獐子的故事。其中最神奇的是，公獐一旦察觉自己已不可避免地成为人类的猎物，就会倒在地上，将自己的麝香腺囊咬掉，嚼烂，不使人类得到唯一想得到的宝物。这寓言一样的故事，玉树当地的作家朋友也是这样说的，只有一个细节略有不同，他说公獐倒在地上后，是用两只前蹄将自己的麝香腺囊抠下来捣碎，而不是大别山区传说的那样，是用嘴咬撕碎的。

客观效果是相同的，都是不想让贪婪的人类以夺取其他动物生命为代价得到其他动物视为极品的物什。从麝香腺囊外面摸去，里面都是小豆豆。当公獐的麝香腺囊分泌充盈时，公獐会用脚踢自己的腺囊，或者以爬挤摩擦树干等方式，使小豆豆一样的麝香颗粒从腺囊里溢出来，遗留在地上与树干上，形成罕有的遗香现象。这种遗香如同瓜熟蒂落，一粒遗香就能换来一颗夜明珠。在国内外公认的四大动物香料麝香、灵猫香、河狸香、龙涎香中，麝香居冠。许多名贵的香水都会添加麝香,这样才能使香水馥郁芬芳，而且香味持久。麝香品质最好的，其产地就有从金沙江上游直到通天河全境一带。

古代将麝香供为神品，用其去恶压邪。东汉名医华佗，曾将麝香、丁香、檀香等置于香袋，悬于屋中，据说可以辟邪，治疗肺痨吐血。民间五月端午做香袋的习俗便源于此。杜甫在安史之乱后流落天水，在《山寺》一诗中写道：“麝香眠石竹。”于乱世之中，还惦念着吟唱麝香，可见其珍奇。唐代就有将麝香掺和到制墨原料中，做成的优质墨叫麝煤，故有后来韩偓说，蜀纸麝煤沾笔兴；苏轼说，金炉犹暖麝煤残；许有壬说，麝煤闲杀春风手；沈德符说，眉史前头贮麝煤；金农说，翠蛾一一画麝煤等。唐宋元明清各代文人都将此种不常见的极品墨，作为托寄闲情爱意以及各种愁绪的寄托之物。在摩洛哥古城马拉喀什，矗立着一座建于公元一一九五年，高达六十七米的清真寺尖塔。按那时摩洛哥统治者的旨意，在黏合石块的浆液中捣拌有九百六十多袋包括麝香在内的各种名贵香料。八百年后，这座塔依旧香气诱人。

麝香之所以珍贵，在于上苍让物竞天择的公獐拥有一套独特的密制方法，高山之上的密林深处，阳光难得照透的时候，公獐仰卧草地，四蹄朝天，享受阳光的温暖，曝晒脐部时，蚊、蚋、蝇、蚁等虫类为香液所诱而集于麝香腺囊吮吸并向囊内钻，当公獐感到痛痒，猛地缩进麝香腺囊，虫类便被裹进，逐步积脂浓厚，分泌出的麝香为“蚂蚁香”，品质较次。若麝香腺囊裹进的是蜂蝎、蜈蚣而分泌出的香脂称为“红头香”，其品质较佳。当毒蛇吮吸香眼时，公獐因惊痛，而猛地用力将脐囊缩进，并且狂奔，而蛇头纳入脐囊，蛇被荆棘、灌木乱刺激杀而头身断离，头被碾烂脐囊而分泌的脂液叫“蛇头香”，品质最佳，用其医治毒症，疗效奇佳。将千奇百怪的毒素，贮藏在离五脏六腑最近处，

麝香之乡

加一生的精血蕴涵而成的麝香，是世间罕有的能治多种危重疾病的灵丹妙药。在此秘方之外，公獐们的食谱中，具有防治疾病的植物较多，如蒲公英、鸭跖草、千里光、桑叶、贯众、穿心莲、山莴苣、金银花、鱼腥草、九里光、紫花地丁、车前草和松萝，如此等等，俨然就是一所专事中药配伍的小型药店。

卖生猛天然药物的生猛男人肯定窥见我内心复杂的想法，收起麝香不再搭理我。我本来有些不舍，却发现气氛有些不对，只好赶紧离开。

从金沙江上游回到武汉的第二天，有新闻称，已“功能性灭绝”十年的白鳍豚在长江中游重现。新闻说，五月十四日上午五点五十八分，科考队员发现有江豚越出江面，随后江豚两三个、四五个一群的情景多次出现。至六点十几分，在经度：118.0751180，纬度：31.2167990，先后三次目睹白鳍豚拱形跃出水面并露出鳍背。白鳍豚体色青白，有背鳍，有一个长长的吻，受阳光反射或逆光影响，背部颜色看上去不一定是白的或者灰色的，也可能是黑的、棕色的。白鳍豚个头明显大于江豚，出水是长吻先出水，接下来是背部、背鳍，每次出水，背鳍必定会露一下。

这是与遇见麝香同样美妙的时刻。

獐子在峡谷山峰上奔跑的英姿，与长江中的白鳍豚出水动作一样非常优雅，非常潇洒，非常柔美。万里长江水中若是真的没有了白鳍豚，将是一种天大的遗憾，山中丛林里见不着獐子也会是人类的悲剧。

回武汉时在昆明转车，与几个朋友相聚时情不自禁地说起头一回见到麝香的情景。一位朋友说，很多年前，还没有出台动植物保护法时，父亲的工资只有六十多元，却每每拿出其中一半，买上一颗麝香。几年下来竟然积攒到二十三只。父亲将其密封好收藏起来，不意后来患上老年痴呆，那些麝香就变成谁也无法得知的一种存在了。这故事与公獐遇绝境时会将麝香自我毁掉的传说异曲同工，已无限接近警世寓言了。

这寓言是在说，我们脚下从通天河到金沙江到川江再到扬子江的万里长江，或许就是如此麝香。谁想伤害她，她就会以自己伤害自己的方式，最终受到伤害的就成了整个世界。在这个世界里，人类是不可能独善其身的，更不可能以掠夺万物的方式换取唯一一种生物的进化与存在。

通天河这里獐子更多，麝香也更多。玉树的朋友说，这些年经他的手卖出去的麝香有几百颗。在我几乎吓倒的时候，他坦率地说，其中真的麝香不会超过二十分之一。聚成几百颗麝香，少说要几百只公獐，加上那些临死之前将麝香亲自毁掉的公獐，岂不接近上千只，那是多么大的一个群体，即便是在通天河边广袤的高原上，一起奔跑起来也会惊天动地。很显然，用二十分之一相乘，得到的数字也代表着一个不小的獐子群体的消失。玉树的朋友还说，这几年经常见到麝，他们所说的麝，是公獐与马麝合并到一起称呼，只是马麝的麝香相比公獐略有差逊。

那位开车载我们的驾驶员，听我们说麝香时，忍不住指着前方的一片草地插话说，自己去年开车经过时，看到两头麝，那体形漂亮极了。驾驶员还说，这一带还有野马。这话让我们听来吃惊不了，除了新疆的普氏野马，再没有听说其他。驾驶员坚持不认为自己错将野驴当成野马，就他所知道的，有不少人见过野马。在青藏高原跑这么多年，如果连野驴和野马都分不清，会是一种耻辱。他说，野驴有明显的白屁股，野马没有，体形也大许多。我选择了宁肯相信他的话，毕竟一路走来，他一边开车，一边随便看上一眼，对路边的野生动植物，都比另几位当地人说来正确。

在玉树博物馆，陈列着太多珍稀动物的标本，比如雪豹、野牦牛、藏野驴、藏羚羊、白唇鹿、棕熊、猞猁、兔狲、豺、石貂、岩羊、盘羊、藏原羚、金雕、黑颈鹤、秃鹫等，却没有本该出现的獐。对于麝香之乡的玉树，这该做何考虑？假如玉树自己从不以麝香之乡为骄傲，也不将麝香当成维系自身的某种名堂,那将是此类名贵资源的一大幸事，也会是另一种更加名贵的麝乡之香。

28 岩石上的公主

历史的某些篇章在不同时期出现不谋而合，有针对天翻地覆的大事，也有关于鸡毛蒜皮的琐事。越是靠近主流越是难逃如此宿命。这就像做了长江的支流，哪怕只是支流的支流，哪怕只是源流的源流，纵然藏在青藏高原深处做了网状河源也难以独善其身。长江上掀起大风大浪，长江上吹拂和风细雨，不管是对大境界的崇尚，还是对小玲珑的怀想，都会受到影响。

出西宁城，穿过湟源，翻越日月山，横跨倒淌河，在海拔四千七百米的玛多县城深刻领受高原对人的强烈窒息，人无法不对高原做出强烈反应时，不由得想起一千四百年前文成公主在此与松赞干布第一次见面，种种反应，定会更加强烈。再沿温泉、花石峡，站上巴颜喀拉山，蹚过清水河，来到当地人习惯称为结古巴塘的玉树。

也是读书多了的缘故，每每听人提及文成公主，感觉上那频率是有些高，心里并没有真的在意。待见到有研究者著述称道，霍的一声心动后深以为然。无论是作为玉树地区政治经济文化中心的结古老镇，还是在花草无边无际，牛羊无边无际的巴塘草原，但凡是用声音作为媒介的，谈吐也好，歌唱也罢，不出三句，必然会出现文成公主四个字。

到玉树第一站自然是通天河。

通天河边，让人不能不伫立怅望的地方叫勒巴沟。

站在勒巴沟口，用那一路风尘、半生荒唐的双眼，注视被远远近近的冰川雪山之水冲刷得足够深邃的通天河。如果没有那细软白沙与粗犷岩石勾勒出来的水渍线，通天河一定会将从清波之上，直至高到天边的峡谷全部当成河床。站在通天河边，很容易将那迷离的紫色花和黄色花当成水中游弋的一群群小鱼儿，生长在山坡上的一丛丛沙枣灌木，在白云下面晃荡，简直就是雪花波浪之下的青苔。至于白云，不仅仅与雪浪异曲同工，还似那最显万里长江魅力的碧空孤帆远景。

站在通天河边，手把当今，心怀千古，勒巴沟前的通天河水，看样子是做不到清纯见底的，不是不清洁，也不是清洁得不够，无论怎么看，河水都是清洁的，有足够的品质，惹得人想趴在水边喝他个三下五除二。反过来，无论怎么看，河水又是无法令人完全放心，有足够的理由，使得人不敢将掬在手中的河水一滴不漏地送进口腹之中。

勒巴沟与通天河连通处，天生一副渡口模样，其最重要的时刻是自大唐都城长安远道而来的文成公主登临。文成公主原本是大唐皇室远支宗室女，贞观十四年（公元六四〇年），太宗李世民封为文成公主。此前的贞观八年，唐蕃正式建立联系后，蕃王松赞干布向大唐提出了迎娶公主的请求，被唐皇太宗婉拒。此前，大唐为了与西北友邻亲和，几乎有求必应，不惜嫁出去十几个公主，独独嫌弃吐蕃。这让松赞干布有些气急败坏。松赞干布一方面错误估计形势，想趁机蚕食大唐疆土，另一方面也有向唐皇炫耀实力的意思，一时间举兵二十万进攻松州，虽然被大唐军队一击而溃，第一个目标没有实现，第二个愿望却顺利达到。到了贞观十五年（公元六四一年），松赞干布再次遣使来到长安，向唐太宗谢罪，携五千两黄金和大批珍宝，重新提出请婚要求。这一次唐皇太宗慷慨应允了，将受封才一年的文成公主远嫁吐蕃，成为蕃王松赞干布的王后。

天下渡口，一半用于送别，一半用于盼望。

送别的送到情深处，人人注定要成为落花流水。

盼归的盼到绝望时，个个免不了会化为孤山独崖。

万里长江，从吴淞口开始，水流两岸，留有多少望夫石和望郎崖，最著名的神女峰，也即是对夫君与情郎最著名的相思守望。

文成公主辞别家人，离开长安的日子有人记得，长途跋涉多久，何时到达通天河的时间，只知道还是贞观年间，却不知是哪一年、哪一月和哪一日，更不知道是高原反应，还是旅途劳顿，从这渡口起岸登陆的文成公主，同样久久伫立，长长回望。时间长久了，就和天下痴心女子一样，将自己变成了只有用石头才能表达的纪念。

不同之处在于，文成公主将自己画成画，雕刻在身后岩石上。

不同之处还在于文成公主痴心相望时，夫君就在身边，她将自己画成画像，雕刻在身后岩石上，仍旧有夫君依依相伴。

一个贵为明珠的大唐皇家女子，将自己的容貌，勒石

通天河畔

留下，有的是向佛之心。

身为大唐皇家公主，远嫁他乡，将自己的容貌与夫君同时雕刻在通天河边，是否还有不便言说的其他深意？比如让水中倒影托寄通天河向东，到金沙江，再到长江，或是由乌江起水，沿着几十年后，为应对李家那位著名媳妇的著名馋嘴，而快马加鞭运送荔枝的子午官道，翻过秦岭重回长安。也可以继续顺流而下，穿过瞿塘、巫峡和西陵三峡，再过洞庭湖口，望见龟蛇二山之后，半拥左岸，转入汉水，跟随去往长安的官船民舫，逆水漂流回到长安。女子貌美倾国倾城也还是女子，心性柔情似水也非真水，却这般担起国家和亲重责，若是日日思家，夜夜想娘，非要用比风霜更摧残人的泪水将自己洗成一块瘦削的石头，更加于事无补。

几十年后，同为大唐公主的金城公主，在通天河边伫立时，一定凝望过岩石上的自家先辈姑姑。再到勒巴沟深处，膜拜在大日如来佛像前，更是由惦记自家先辈姑姑，引申到深深惦念自身命运。金城公主如是下令加盖大殿，护着神似自家先辈姑姑的大日如来摩崖佛像，同样是在护着自己的前程与命运。

与文成公主一样，金城公主也是宗室女出身。不同的是，文成公主在松赞干布向大唐求婚之前就被封为公主。金城公主则是在蕃王赤德祖赞于神龙三年(公元七〇七年)三月向大唐请求联姻之后的一个月，被唐皇中宗下旨封为公主的。更有不同的是，金城公主老早就是唐皇中宗的养女，景龙四年（公元七一〇年）正月，唐皇中宗命左骁卫大将军杨矩护送金城公主入吐蕃。中宗亲自渡过渭河到始平县设宴百官，命随从大臣赋诗为公主饯行。席间中宗谈及公主年幼即要远嫁时，不禁唏嘘涕泣。同年二月，中宗将始平县改名为金城县，将百顷泊改名为凤池乡怆别里，并赦免当地死刑以下囚犯，免百姓赋税一年，由此可见中宗对金城公主的不舍之情有多深。

在通天河边站得再久也要离开，有文成公主在前，后来的金城公主显然明白，画在岩石上的女子是天下与她们命运相同的女子，雕刻在岩石上的公主足以概括诸如此类的公主。沿着勒巴沟往巴塘草原深处走，现在的路可以让汽车飞驰而过，当年能骑马前行就十分了得了。文成公主在巴塘草原学会了十分了得的骑马技术，也教吐蕃人纺织、建筑、耕种，还有饮食、礼佛、服饰和歌舞。学会骑马的文成公主，可以骑马进藏时，就让手下画匠在崖壁上画了一幅自己的肖像作为纪念。几十年后，同样沿着唐蕃古道走进勒巴沟的金城公主，命人依着自家先辈姑姑的画像，雕刻在崖壁上，再修盖庙宇加以保护。这时候的金城公主从自家先辈姑姑那里参透了公主和亲的大义，在庙堂内的山崖上，雕凿出九尊彩色佛像，正中的大日如来佛身披唐时盛装，透露出的也是唐代女性风韵。多少年来，从吐蕃人到藏传佛教徒，嘴里念着六字真言，心里赞美的是文成公主。相比通天河边，勒巴沟口，文成公主自己对自己的雕像，又令人有一种前所未有的喟叹。

春秋五霸，战国七雄；两汉共二十九帝，享国四百〇五年；大唐共历二十一帝，享国二百八十九年；北宋南宋上承五代十国下启元朝，共历十八帝，享国三百一十九年；明朝共传十六帝，享国二百七十六年。不算其他积弱朝代，仅仅上述强权雄治时期，一群群嫔妃，为一代代帝王养育不计其数的女儿。那些著名王宫，如咸阳宫、阿房宫、长乐宫、未央宫、洛阳宫、大明宫等，其间居住了多少公主，即便是专事此类管理的宦官太监也心中无数，再者就算册簿上记着公主名字，排除书写优良，装帧精美，本质上与无名小卒默默无闻的家谱没啥两样。一本本典籍，一朝朝史记，如若提及公主，多是后宫倾轧，偏殿血腥，枕上香艳，裙下荒淫，除此之外，再难得见公主名声。一幕幕乡戏，一道道传闻，多是借公主之名，普及珍奇异宝，说些风土人性。唯独和亲公主，人人青史留名。

据《唐蕃古道志》记载，文成公主与之后的金城公主进藏和亲后，也即唐贞观八年（公元六三四年）至唐武宗会昌六年（公元八四六年）的二百一十三年间，唐蕃互遣使臣一百九十一次。唐朝出使吐蕃六十六次，其中一年中遣使两次的有八年。吐蕃出使唐朝一百二十五次，其中一年中遣使两次的有十四年，遣使三次的有六年，遣使四次的有三年。使臣们的任务是通好、和亲、献物、会盟、报捷、朝贺、报聘、报丧、吊祭、请互市、迎送僧、求诗书、求医、求匠等。来往的使臣从几十人至百余人不等。那段时间也是汉藏两地历史上少有的和平光景。

通天河边的勒石画像简洁无繁，看不出香腮凝怨不等于芳心无愁。

勒巴沟深处摩崖石刻仪态大方，清清楚楚的高贵并不表明没有人性卑微。

再好的女人也不是人间力量的全部，人间力量是为了让女人变得更好。

再好的公主也替代不了国家的实力，国家实力绝不是为了使公主更加养尊处优。

西施若没有以身许国，王昭君若不通好胡人，貂蝉若没有连环大计，杨玉环若无长恨之歌，古来四大美女谁也成不了千载美人。所以，做美女容易，只需要笑也可人、愁也可人、病也可人就行。做美人却难，在美女素质之外，还要求识大体、懂大局、留大德才有机会。青史留名的公主，可以不是美女，也可以不是美人，必须是身为公主做了公主本该做的、绝大多数公主又不愿做的事。公主之事，事事在朝廷与国家。达官显贵的儿女，也当如此，若能比其他人更明了民众疾苦大于自身疾苦，民众利益高于自身利益，长江两岸，每一条河流，每一座山沟，就将会拥有自己的文成公主。

二〇一〇年四月十四日的大地震，导致玉树的土地上没有一所完整的房屋，没有一座不受损坏的寺庙。紧挨着文成公主庙的勒古寺，更是损坏到没有一面站立着的墙。同在一座山上的文成公主庙却是玉树土地上仅有的奇迹，所依靠的山崖没有掉一块石头，没有出现一道裂缝，文成公主庙的里里外外、上上下下，不要说没有任何损坏，那插在佛像前纤细的藏香只是像往常一样落下一些本该落下的灰烬，供奉在佛前的酥油灯，仅仅如同有风吹来那样，闪烁两下火苗后，便归于平静。

勒巴沟翻译为汉语是为“美丽沟”，文成公主被吐蕃人尊称为甲木萨，意思是汉地来的女神仙，不是神仙又怎么能千百年来一直活在通天河边的岩石上?

天地有灵，当会如此善待这位活在岩石上的公主。

29 吉祥是一匹狼

实在没有料到，这一次会遇上狼。

小心遇上狼这句话，小时候经常听到。长辈们这么说话，完全是出于一种习惯。他们所说的狼，是一切危险的代名词，甚至包括跌倒与摔跤，是否真的遇上狼并不重要。所以，小时候听长辈说狼时，整个就是著名故事《狼来了》的家庭生活版，如果将小时候觉得害怕的动物排出名次，狼的位置肯定排在老鼠后面。

在抵达曲麻莱之前，也曾走过各种各样荒僻野险的地方。偶尔想到狼，几乎全是对某些人事的感觉，鄙视其人其事，或狼狈为奸，或狼心狗肺，或狼子野心。真的是如此，用不着脑子想，随便用脚后跟想一下，就能得出与真理相差无几的结论。狼很稀少，狼事也很稀少，多的是那些如狼似虎者做的如狼似虎事。

曲麻莱是县名，去往长江源头的计划行程里，原本没有这一站。

到玉树后，先是在当地作家的活动上，介绍玉树州的文联主席时，提起这个地名。我有些没记住，过后问别人，说那个县名有三个字，对方说那就是曲麻莱了。玉树地区所辖六个县，其余称多、杂多、治多、囊谦、玉树等县名都是两个字，只有曲麻莱县县名是三个字。关键因素还在于，长江北源楚玛尔河，在曲麻莱县境内汇入通天河。对方还说，已安排好让我们去到在通天河边放牧的牧民家看看。从长江入海的吴淞口一路走来，多是以各地水文站为重要节点，在青藏高原上，能与择水而居住的牧民有所交往，这机会并不是说找就能找到的。

治多县的人也插进来，也要我们去，说治多县才是长江北源的最源头。我们都路过治多县城了，终归没有停下，不只是时间问题，还有或许涉及某些大政方针的问题。比如他们迫不及待地告诉我们，自己的一位县长曾在本县县域之内被外来的警察扣留了三十六个小时，最后还是由省政府出面与相关方面沟通才得以放人。说起来县长还是在

曲麻莱的黄昏

做本分工作，上面来了专业人员要考察长江北源，县长带着客人过去，被也是在工作岗位上值守的以唐古拉山山脊为省界的邻省派驻的警察拦截下来了。县长大吼大叫，掏出工作证，证明自己是治多县的县长，说我在治多县管辖范围内履行宪法职责，行使行政职权！县长带人硬闯时，同样是在执行公务的警察毫不客气地将其扣下了。说起来，这也是在西宁时三江源国家公园管理局负责人痛心疾首提及的那份尴尬。当年唐古拉山南坡的那曲地区闹雪灾，为了支援兄弟省份，唐古拉山北坡这边的玉树地区，允许山那边那曲地区的牧民越过山脊，到玉树这边来放牧。多少年下来，那些受邀过来的客人倒过来变成了主人，毫不客气地将真正的主人拒之门外。凡事一旦与利益挂钩，就有变质变味的可能。这些年，三江源地区成了自然保护区，国家一年年加大资金投入，各种人为的冲突更加频繁。

都说狼的领地意识极强，狼对领地的拼死捍卫，完全建立在生存必须得到保障的基础之上。人的领地意识看上去没有狼那么明显，但骨子里却比狼有过之而无不及。狼只在自己的领地里，维系着生殖权和生存权，没有其他欲望。人就不同了，只要能想到的东西，就会想着法子弄到自己手里，而不管这东西是不是自己的。欲望虽然是人类发展的最大动力，同时也是妨碍人类发展的最大破坏力。

在三江源地区，狼的任何欲望都要受到尊重。

相反，任何人为的欲望都会给三江源地区造成万劫不复的灾难性后果。

离开玉树，沿着通天河一路往前走。玉树在通天河下游，曲麻莱在通天河上游，我们的行走理所当然必须是逆流而上，越接近曲麻莱，越接近可可西里，情况越不同寻常。汽车一如既往地向前奔驰，不时地，通天河也会抓住什么机会似的，哗哗流淌着并驾齐驱。同一条通天河，有时很蹊跷地变得很纤细，转眼之间便又恢复到汤汤模样。通天河终于在河中心创造出一座铺满高原沙棘的小岛，远远看去，就像是藏羚羊那黑黑的秀目。过了这小岛，就不怕治多县的朋友追着要我们回去了，因为路旁赫然立着曲麻莱县的标示牌。

曲麻莱之辽阔来过以后才知道，汽车在可可西里长驱直入大半天，无论是路边的指示牌，还是手机上的导航显示，仍在其境内。在玉树时就知道再过两天的七月二十五日就是当地赛马节，等我们到了曲麻莱，才明白其盛况，后悔何不将行程往后推迟两天。整个县城除了从内地来的建筑工人，街面很难见到当地人。问过县委宣传部的副部长，说是都到玉树看赛马节去了。宣传部共有三个人，只留下他在家值班，部长带着仅有的科长去了玉树。我们说笑，行走长江以来,从未有当地宣传部全体人员都出面迎接的，这也算是受到最隆重的欢迎了。

这一刻的曲麻莱是如此，没有赛马节时的曲麻莱想来也差不多。去到通天河边牧民家的路上，天上飞翔的黑鹰，地面掠过的红隼，远远多过人。如果与那些或奔走或觅食的珍稀黄羊和藏野驴相比，此时此刻出现在草原上的人简直要反过来被当成珍稀动物了。

是太阳西下的时候了，高原上飘起了牛粪燃烧的特殊酽香。

从县城出发，车行六十公里才到达父亲的名字意为英雄，儿子的名字意为金刚的牧民家中。

我一点也没有瞧不起他们家那一千多只美人般的羊儿的意思，相反，当比英雄更胜一筹的金刚骑着摩托车像越野赛车手一样冲上屋后高高的山坡草场，赶起铺天盖地的羊群，让那毛茸茸的整面山坡在偏西的太阳下浪漫地飘动起来，着实令人诗兴高涨。我也不会对金刚的美丽妻子挤牛奶的风韵没有兴趣，那身美丽到极致的藏族服饰，配在标致的身材上，还有脸上迷人的高原红，足以影响一个人往后的审美。我更不会不满那片面积达数万亩的草场略显沙化与贫瘠，在连年少雨的自然条件下，英雄与金刚坚持让他们家的羊群数目保持在一千头上下，一有多出便行宰杀，反而使草场生态有所好转。

我迫不及待地想要知道通天河在哪里，在他们家门口，有一条干涸的草原小溪，如果这就是通天河，那就太恐怖了。幸好，当我终于有机会发问时，叫英雄的父亲扬起手中的抛石绳，指着太阳底下的远方说，在那里。

在辽阔的草原上，这一指至少有好几公里。

说他们家在通天河边，是因为在他们家和通天河之间，再无其他人家。

在长江源头，不要说雪山边，草原边，就是一只羊边，一头牛边，那距离与空间，就足够感叹。汽车翻过几道沙岗，驶过几道沟坎，前车扬起的沙尘落下后，一片宽阔的水面终于出现了。

这中间有羊也是英雄和金刚家的，有牦牛也是英雄与金刚家的，有草地有沙岗也是英雄与金刚家的。那些总在这一带盘旋觅食的鹰和隼，那些总在这一带来回踱步的狐狸与黄羊，不是英雄与金刚家里的，反而将英雄与金刚当成自己家里的。

在山上，英雄用抛石绳抛出的石子，可以从一面山坡抛到另一面山坡。在草地，英雄用抛石绳抛出的石子，可以从羊群的这边抛到羊群的那边。在通天河，英雄一连三次抛出的石子，都只能勉强到达离水线不远的水边。英雄既没有说自己是英雄无用力之地，也没有说自己是英雄迟暮，英雄一次次地盯着石子落下时溅起的水花，终于不再做新的尝试。往上游去不远就是长江北源楚玛尔河入通天河的河口。过了那河口，再往上就是万里长江的正源沱沱河了，大概是草原宽阔的缘故，作为上游的通天河反而比快要流成金沙江的通天河宽阔许多。也不知那水底都有些什么，本该平静的宽阔水面一点也不平静，看不出有何必要，也分不清什么原因，除了我们，再无任何打扰的河水，生生地涌起各种各样的浪花。

曲麻莱当地的一位诗人写过这样的话：坚硬的冰／封冻了河水吟唱的季节／／藏家人用通天河边的细沙／在冰

面上／写下一行行诵文／／当春风来临／一声声信念的祈祷／化成流动的经声／漂向天涯和海角。

此刻，我们的手机上不断响着长江中下游各地面临四十度高温天气的预警铃声。通天河水终归要流经武汉，最终由上海汇入大海，到了那些地方的通天河水，将山作嘛呢石，以水当转经筒，有了夏天的体会，也只能等待转世。真的转世了，回到通天河了，面对雪山冰川，火焰山一样的经历，同样会转世成为一种幽默笑谈。都七月中旬了，最低气温才摄氏六度、最高气温不会超过摄氏十六度的通天河，从不给诗人抒写夏天的体会。前几天，这里还飘着雪花，过几天说不定还会落下雪雹，外面的牛羊从来不曾换下绒装，屋里的火炉从来不曾断过粪火，还要夏天干什么呢？能用细沙在通天河的冰面上写诵文，拥有这样一个冬天，足以胜过用一百个无法写成诗的夏天。如此浪费，如此奢侈，如此不珍惜，如此没才华，还不如让冰雪的冬天多来一些。

我将手机上的天气预警消息摁出来，递给英雄看，又递给金刚看。

像是受到某种惊吓，他们提议是时候该返回了。

我以为这中间隐瞒着某种忌讳，试着问过几位陪同者，对方都坚决地摇了摇头。

汽车车头一转，我们就离开了通天河，翻过一道沙岗，又翻过一道沙岗，曾被我痛苦地误以为是通天河的那条小溪又出现了。就在这时，一只狗一样的动物出现在沙石道路的右边。由于沙尘太大，我们乘坐的越野车一直与当地的前导车保持着五十米左右的距离。那狗一样的动物从容不迫地从右往左越过我们的车头时，我突然想起来，不由自主地大叫两声：狼！狼！车上的人也像是猛醒过来，司机也下意识地踩下了刹车，大家一齐叫起来：是狼！是狼！

毫无疑问，一匹大灰狼就在我们眼前，不紧不慢地穿过沙石路，轻轻跃过道路旁那浅得不好意思称为排水沟的水沟，又毫不费力地蹿上水沟边的陡坡。陡坡上面是很绵延，也很曼妙的沙丘，以及沙丘最高处的沙岗。那些沙粒全是由唐古拉劲风从通天河中吹上来的，那匹狼在上面似走又似跑，看看离沙岗岗顶不远了，那匹狼回过头来看了我们几眼。离沙岗岗顶更近一些时，我以为狼会再次回头看我们几眼，哪知道那匹狼再也没有做任何表示，用在我们看来绝对均匀的速度，越过沙岗岗顶，将那灰色的身影掩映到正对着我们的霞光里。

我们在通天河边逗留了四十分钟。那匹狼要么是在我们前往通天河边时，站在高高的沙岗上观察过，要么是在我们的车队从那地段经过时，那匹狼正躲在道路下方深深的小溪里，悄悄地喝自己的水。总而言之，我们这一行无疑受到那匹狼的蔑视。所以，那匹狼连一分钟都不愿意多等，坚持按照自己的行走节奏，该穿越我们的车队时，能踏出花来的四蹄，一点也不拖泥带水。

这时候，第二和第三辆越野车从后面追上来，车上的人探出头来问怎么停车了。听说遇见狼了，他们还不相信，第一个人问了，第二个人还要问，接下来的第三个人依旧重复问，是真的吗，真的是狼吗？回到英雄父亲与金刚儿子的家，那父子俩都在前导车上，他们先于我们发现那匹狼，不仅确认了我们的发现，还说他们家牧场周围有好几匹狼，这是其中的一匹。这一次轮到我发问了。这个疑问从一开始就有了，我不明白凡是藏区的牧民，家家都会养上几只藏獒，为什么他们家连一只狗也没有。当父亲的英雄笑一笑，什么也没有说。父亲不作声，哪怕儿子是金刚也会学着不肯回答。好在有别人告诉我，藏区牧民特别相信，遇见狼是一件很吉祥的事。养了藏獒，不到万不得已，狼就懒得来了。不养藏獒，是为了给狼的出现提供方便，也为自己经常看见狼提供方便。理所当然，吉祥想来光顾他们家也就方便多了。

当天晚上，依然是从当地诗人的诗作中读到的：前方有几匹狼出现／走走停停消失在山间／传说／途中遇狼是平安的吉兆／我们为此兴奋无比／高诵祈福颂词／感念神灵庇护。诗人没有在诗中说起，如果狼从一个人的右前方往左前方走过去，那就更加吉祥了。

我完全不用细想也清楚，这是自己第一次遇见狼，而且只是在可可西里最边缘，只是在长江源头的咫尺处。那匹狼用当地藏家人最喜欢的方式，从我们的右前方走向我们的左前方。我没去问别人，只是回忆自己，回想自己，这样的吉祥对自己意味什么？这一想，我心里一惊，赶紧掏出手机，拨打自己最熟悉的那个号码。电话拨通后，我对着那边说，如果不是刚刚遇到狼，我险些忘记今天的日子。吉祥的狼让我想起二十年前的前两天，自己在大连遇上的那场空难。也想起二十年前的今天，因为那场空难而出现最吉祥的遇见。

我还清清楚楚地记得一句俗话：狼若回头，必有缘由，不是报恩，就是寻仇。到目前为止，那匹狼是这辈子我在野外环境中见过的唯一的狼。那匹狼原本可以从前导车前走过去，狼没有那么做，因为车上的英雄与金刚，与那匹狼相遇的机会如同左邻与右舍。那匹狼还可从临时车队的第三辆车前，或者第四辆车前由右向左走过，也会成为需要纪念的吉祥。偏偏那匹灰狼要从第二辆车前走过，偏偏要让我第一个发现那匹灰狼走过。在充满转世与轮回的可可西里，或许上辈子曾经有过让狼们一代代不曾忘记的善举，而使那匹灰狼必须与我发生这样的交集。

从通天河边回到曲麻莱县城，夜里我吸上了此前数次上青藏高原从未吸过的纯氧。只是几下子，昏昏沉沉的脑子就彻底清白起来。长江中游的大别山区很久以前就没有狼了，狼的故事一直没有间断，最有名的是说，夜里走山路，如果有什么东西突然从后面拍一下自己的肩膀，千万不要贸然回头。因为有可能是狼。只要人一回头，狼就会一口咬住人的喉咙。如此，我为自己和狼虚构了一个与吉祥有关的故事。很显然，狼要袭击一个人时，最好方法是从身后发起。狼从谁的身前经过，意味着狼对谁没有企图攻击的恶意。至于从右往左，也是大大有利于人。狼从右边来，右手拿着武器刀具的人自然更加方便应对。除去人与狼的对垒中的种种不得因素，剩下来的当然是对人有利的吉祥了。

这些年，说狼事的人越来越多，信仰狼性的人也越来越多，将狼性在人性中的缺乏当成人性最大缺陷的人同样越来越多。在此种背景下的时下人文，盲目的自由与盲目的自我，确实有如狼似虎的极大改变。说狼事，讲狼性，目的只是让生命过程变得凶猛一些，让人间意义变得残酷一些，那绝不是真正的狼。真正的狼，应当是保持住狼性的吉祥一样的存在。

从唐古拉山到通天河边，人世间的俗事并没有太多。三江源一带成为国家公园是一件大好事，如果以为三江源国家公园是第一家真正的国家公园，接下来就会有太多利益可供争抢，那就等于回到了视狼为恶狼的原始。要做到真的将遇见狼认为是吉祥，只有那样才是三江之源源远流长的国家民族大义之所在。

再好的事只要错过了，就什么好也不是。

吉祥原来是某种几乎错过。

30 上上长江

终于来到从一开始就想来的地方。

终于将这处叫沱沱河的地方尽收眼底。

然而，面对长江之源所在，我想不起来需要说些什么。

我感觉不到兴奋，反而觉得十分忧伤，是真的达到十分级的忧伤。事实上，遇见那匹狼的一刹那，藏在内心深处的这种滋味就彻底暴露出来。

从二〇一六年六月六日开始，沿着长江行走，前后四个阶段，那匹狼的出现，标志着此番行走已到终极。曾经设想，在长江源头，如果有一朵雪莲花，那就将雪莲花作为长江上自己走得最远处的美丽记号。也曾预感，在长江源头，如果有一块冰碛石，那就将冰碛石作为长江上自己脚步最高端的坚硬存在。还曾想到，在长江源头，哪怕只是一根草，也要将其珍藏起来，种在心里，成为矢志不移、生生不息的力量。

沿着通天河，以及顺便横穿长江北源楚玛尔河，再沿着沱沱河，长江源就在那里，我们这样的万里奔走到底想看什么，并且最终终于看见了什么？如果不问，那就没有问题。如果问了，也会有问题永在。如果问了又问不出答案，那才是我所坚持的必须走上一万里，直抵长江源头的意义所在。

所以，长江之源可以是地理源头。

所以，长江之源可以是科学源头。

所以，长江之源可以是文化源头。

多得看不过来的黄羊，离得不远不近。有一次，终于有一只雄性黄羊就在公路旁边站着，我们都将汽车停了下来，黄羊才像慢跑的女人那样优雅地走下路基，回到公路旁边的草原。黄羊看着我们，我们也看着黄羊，黄羊肯定没有从我们的眼神里看出狼的什么，我们却从黄羊的目光中看出一种狼的存在。

还有那离得有点远的地方，那对黑颈鹤。黑颈鹤从来都是两两成双地出现，这世界若有人敢说自己看见一只黑颈鹤，任何人都可以放开胆子指责其为骗子。这人间法则与自然法则在可可西里也不例外，高原草场宽阔得让人不好意思称之为宽阔，哪怕在此复活一万只霸王龙也没有领地之争的问题。两只黑颈鹤宁肯视广阔草原为无物，非要像先天性连体那样紧紧挨在一起,虽然看不见它们的眼睛，从只要一只低头，另一只必然抬头的身姿里可以感觉到狼的存在。

那些体形傲娇的藏野驴，是这块土地上难得被其他动物超越的长跑冠军。这家伙的后肠发酵效率较低，必须吃掉很多草料才能维持庞大的身躯，一天内吃掉的青草，相当于三只山羊。遇到有事时，藏野驴极其擅长假装很高贵，假装好温顺，引诱那些无心者或者别有用心者毫无戒心地靠近后，突然用身体冲撞，用四蹄猛踢。那从高贵到无赖的变化，也是与狼一样的存在。

在长江源地区，百灵鸟一类的小型鸟类居然学会躲在鼠兔的洞里避超强的紫外线，避免冰雹、暴雨的袭击，鼠兔则依靠鸟类的机敏作为警报。如此生存技能，也是拜狼所赐。

曾经听说青藏线大堵车是世界上最著名的堵车，亲眼所见加亲身经历，仅仅限于堵车的程度，已不足以形容其雄伟壮观，一百公里长的公路上，蜿蜒着不计其数的大型货车，只要将它们换成砖石，毫无疑问，那就成了可可西里荒原上的一道新的长城。若是换成流水，何尝不是由沱沱河而来，抑或向着沱沱河而去的新的支流。而我们的小小车队，仗着人熟路也熟，用四个小时换来在高原荒野中奔突二十公里的行为，抵达以保护藏羚羊著名的可可西里自然保护区索南达杰救护站，无异于一群可可西里狼在自己领地里肆意妄为。

关于藏羚羊，虽然全世界都在传颂美名，长江源头的藏家人并无好的言语。藏羚羊的脸非常黑，被认为是魔鬼养的动物。既然主人是魔鬼，藏羚羊的品行自然好不到哪里去。每到发情期，那统领十几只母藏羚羊的公藏羚羊，就会百倍警惕地防范其他公藏羚羊对所属母藏羚羊的骚扰。然而，这并不代表公藏羚羊真的愿意付出与牺牲，不定在什么时候，公藏羚羊就会突然以肛门冲着母藏羚羊们，并且用蹄击地，曲尾低头，发出轻蔑的叫声，意思是自己不再愿意统领母藏羚羊了，母藏羚羊们可以自动解散，去投奔其他的公藏羚羊。公藏羚羊如此，母藏羚羊也好不到哪里去。在自由狩猎时期，无论何种性别的藏羚羊，一旦发现猎人瞄着别的藏羚羊，非但不会发出警报，还会悄悄躲在别的藏羚羊身后，让它们替自己当炮灰，直到猎人的子弹打光了,才撒腿狂奔。藏家人最讨厌藏羚羊的懦弱与阴险，别的动物，两相争斗赢者通吃。藏羚羊是截然相反，两只公羊决斗，通常死的总是赢家。输的一方打输之后会撒腿跑开，赢的一方不肯罢休地追将上去，而那本来输了的藏羚羊会瞅准时机突然回头，用尖锐的长角一击致命，将本是赢家的藏羚羊刺死。拥有如此奇葩本领的藏羚羊，十匹老狼加在一起苦思冥想,到头来也只能满面羞愧自叹不如。

在索南达杰站休整的过客很多，不过大家都很礼貌，就在外面的小院里站一站，照相，上卫生间，偶尔也会有人进到走廊上探头探脑张望几眼。忽然间，这种与可可西里荒原相配匹的宁静被打破。几乎没有任何客套，两位中年男子架着一个小伙子闯进来，身后跟着的几个妈妈级的女人，嘴里不停地嚷嚷着，哪里有氧气！多看了两眼，就能读懂那些人还有一句没说出来的话：这小伙子快不行了！那间屋子里只有我一个人，我不能不告诉他们，到目前为止，自己也只见到几个志愿者。说话时，先前见过的几个志愿者轮番过来了，应该是他们见得多了，不是有人

可可西里之夏

说今天没有供氧，就是有人说站里没有医生，只有口服葡萄糖。望着那小伙子几乎失去意识的惨状时，一位跟随进来自行坐在角落的女士，其模样也越来越不行了。我不能不告诉他们，我们有医生。随队的医生这时正好进来了。我朝他说的话没完，医生就转身回到车上，拿出相关仪器，夹着手指一测，小伙子的血氧只剩下非常危险的百分之五十，心率却达到在这种海拔高度上同样非常危险的一百二十。一番紧急处置之后，小伙子的血氧上升到百分之七十，心率下降到一百一十。医生松了一口气，并嘱咐旁边的中年男人，马上掉转车头回格尔木，就不要有任何其他想法了，说着又去处置角落里的那位中年女子。这时，一直在旁边淘气的小男孩忽然说，爸爸，你不是说自己喘不过气来吗？那父亲模样的男子，看着小男孩什么也没有说，眼圈就红了起来。隔了一会儿，才犹豫着请医生也帮他检测一下。医生用仪器刚一触碰中年男子的手指就几乎叫起来，说你是不是喘不过气来？中年男子轻轻点一下头，眼睛里分明挂着一颗泪珠。医生也顾不上别的，直截了当地表示，现在什么也不要想了，赶紧下高原，回格尔木去。

三江源的高度与景观，无不展示自然世界伟大的脆弱，在这里行走的人所展现的却是渺小的脆弱。不知道情况正在好转的小伙子，有没有看见父亲的这颗眼泪，按医生的说法，父亲当时的处境远比儿子的情况危急，做父亲的却坚强到可以搀扶着儿子四处找人急救，自己还能不做任何应急反应。这也是藏羚羊那难得一见的又一种品质，迁徙时，遇到较大的河，大藏羚羊就会在流水下方排成一行，用长角扶着当年生的弱小藏羚羊安全涉水。

这一次，我见识了，在高原上，人与人之间的扶助不需要任何感谢。医生要离开，我们这支小小队伍里有两个人出现严重高原反应，需要他来处置。那两车从北京来的旅友也忙着准备返回格尔木，顾不上多说一句其他的话。当然，这也像索南达杰站救护的那些小藏羚羊，等到八九月份，它们长大到能随大队藏羚羊回到过冬草场时，在放归的那一刻，小藏羚羊们同样只记得远方的自然，撒开四蹄欢腾而去。应该相信并赞美人们将爱护藏羚羊作为职业素养，如果人们对自己所做的关于藏羚羊的一切不求回报，人就应该更加善待人自己。

不知其他人有没有读懂这可可西里、这长江源头上发生的悄然一幕。

无论保护长江源的自源资源有多重要，都不应当成为漠视个人生命的理由。

我们的心若不净，即便是长江之源的格拉丹东冰川，也难称为净土。

在通天河畔听见过一件真事，那户牧民也许就是英雄与金刚的邻居，因为有一回发现一窝狼崽，就将它们给杀了，自此以后，这户牧民不管是迁到冬季草场，还是迁到夏季草场，总会有一只母狼如影相随。直到某天早上，这户牧民发现自家的羊被狼咬死了一百多只，一百多只死羊中，只有一只羊身上的肉被吃掉，其余的只是被咬死，并没有掉一块肉。这之后，那只母狼就再也没有露面。这样一个关于狼与人的故事，仅仅作为复仇的范例，将是对生命禁区中人文资源的视而不见外加滥用。那只母狼给人类上了一堂什么是存在的哲学课。在海拔四千五百米以上地区，那种以血偿血、以牙还牙、一报还一报的逻辑是行不通的，想要狼活得精彩，就得让两只狼崽的价值相当于一百只羊。这就如同我们想要获得长江源头的一滴水，就必须珍惜从金沙江到吴淞口的所有长江之水。

我们若是不懂长江源头为何不肯开放最艳丽的红花，

就会误以为那开在永冻土上的紫色绿绒蒿真的是在学习薰衣草的审美。

若我们的欲念过于贪婪，将万里长江之水当作上苍慷慨的礼物，长江源头的第一滴水，就将是肃杀的警示。

还有这对第一滴水命题的争吵与纷扰，既真有如此一滴最早的水，那滴水也从来就不属于我们！

在长江源，最初的那滴水是献给太阳的。

最远的那滴水是献给月亮的。

最高的那滴水留给了带头飞过唐古拉的斑头雁。

最重的那滴水已经被野牦牛踩进格拉丹东冰峰。

最快的那滴水属于海拔六千六百二十一米处的雪雹。

最慢的那滴水属于海拔五千三百九十五米处的雪花。

最清的水是冰舌上融了三次的那一滴，除了冰舌谁也得不到。

最纯的水是雪窝里冻了三次的那一滴，除了雪窝谁也不属于。

最香的那滴水不是公獐腺囊中的分泌物，而是公獐吃后化为分泌物的草叶上的一滴露。

最美的那滴水不是琥珀形成时的亮树脂，而是亮树脂渗出的相关树木上的一点汗。

最红的那滴水是藏羚羊分娩时留下的胎血。

最雄浑的那滴水是雪豹为延续生命的精液。

最诗意的那滴水全用于卓乃湖。

最历史的那滴水离不开库赛湖。

最玉洁冰清的那滴水是所有雪山冰川上的每一滴水。

最曼妙婀娜的那滴水是所有河流水泊中的每一滴水。

最柔情蜜意的那滴水在确保黑颈鹤的至死不渝。

最铁石心肠的那滴水变成血滴挂在刚刚结束打斗的野牦牛犄角上。

还是在长江源，一个女孩出生后的第三年，家里人给她过三周岁生日，别的人送金银首饰珍珠玛瑙做礼物，说是留给她将来出嫁时用，老祖母只送她一只出生才三天的小羊羔，也说是作为将来的嫁妆。十几年后，当年其他人送的金银首饰珍珠玛瑙是多少还是多少,是多大还是多大。老祖母送的那只小羊羔长大后，不断生出新的小羊羔，新的小羊羔长大后又生出更新的小羊羔，如此一年年生长。等到女孩要出嫁时，家里请了十几个小伙子，才将老大一群羊赶到婆家去。而别人送的金银首饰珍珠玛瑙还是先前的样子。

长江源头著名的主人没有在我们面前露面的就剩下那位雪豹了。

或许雪豹就是那个三岁女孩，或许雪豹就是那只出生才三天的羊羔。或许雪豹同时既是那小女孩，也是那小羊羔，这要到小女孩长成大美人，小羊羔变成大羊群，雪豹才会出面将长江源的意义呼啸于天下。这一刻，我们只能想象，长江源不是别人送给我们的金银首饰珍珠玛瑙，长江源老祖母送给我们的是出生才三天的小羊羔。小羊羔命定可以长成偌大的羊群，须知出生才三天的生灵是不可能没有风险的。

吉祥如狼！

灾难如狼！

狼最懂得狼！羊最懂得羊！

一滴水最懂得一滴水，一条江最懂得一条江！

一切的源都是一样的，我们真的懂得我们的源，那时候我们也将真的发现并永远拥有长江之源！

2016 年 6 月 6 日至 2017 年 7 月 24 日

于崇明岛、西陵峡、可可西里等

后记

一九九九年初秋，因为一项受邀写作计划，前往正在兴建的浦东机场工地，踩着深深的泥浆来来回回奔波一个星期。相比我要采写的浦东机场，我对机场之外茫茫江海之上，隐约可见的九段沙有着更多的想象。那个九段沙，名副其实由一二三四五六七八排序而来，是长江入海带来的泥沙日积月累的杰作。那时候，我特别想上九段沙看一眼，东道方坚决不肯安排。那时的九段沙，只有一小片露出水面的滩涂，上面盖着一间高脚屋般的小棚子作为候鸟观察站，专业人员也得穿上连体橡胶裤，蹚过泥水才能上去。对一般人来说，这太危险了。二〇一六年十月二十九日黄昏，一行人站在崇明岛最东端，面对水天，目送长江不动声色地汇入东海时，身旁赫然竖着一块广告牌，告知去九段沙旅游如何走。这还不到二十年，长江之水，就在东海龙王头上造出一块风水宝地，怎不令人叹为观止！

面对母亲河，每个中国人都会心潮澎湃。试想长江源头清澈的一滴水，从格拉丹东冰川开始流动，穿过崇山峻岭、水乡平原，直至汇入汪洋大海，其情其景何止妙不可言？

所以，当有一个可以亲眼验证的机会摆放在面前，任谁都不会舍弃。二〇一六年年初，《楚天都市报》刘我风女士联系我，邀请我领头，带上其他几个人，来一趟“万里长江人文行走”时，我连一秒钟都没有迟疑就答应下来。答应之后再细想，这往后的时间哪里够用，家里上下四代人的事都得操心，自己既定的写作计划，还有杂志社那不能不管的没完没了的日常事务。好在《楚天都市报》方面善解人意，四十天的行走，分成四个阶段，正好每个阶段十天。说实话，如果不是这样的安排，也许真的很难坚持下来。上世纪九〇年代，曾因欠下稿债，尝够了被人催逼的滋味，相比之下，给报纸干活儿，才是真正要人命。出发第二天起，早起坐车跑、乘船漂，或者迈开大步走，黄昏时一住下，先打开电脑，再去洗手泡茶，为的是省下哪怕电脑开机的这点时间，用来写作这一天自己认为最应当写一写的那些。如此，常常顾不上与大家一起吃晚饭，让同行的人捎一碗面条到房间边吃边干活儿。相比之下，报社随行的几位更惨，报社的夜班编辑在等米下锅，我这里文章写到什么程度了，她们不敢打扰，不好催问，每每只能待在自己的房间里搓手跺脚来回乱窜。最惨的一次，都零点了才交稿，整个报社因此处于暂停状态。多数情况还算正常，能够保证在夜里十一点之前交稿。如果哪一天，因为报社的财神来了整版广告，将“行走长江”的版面压后一天，随行的记者编辑自然喜不自禁，我这里却没有一点快乐，毕竟今天的文章今天没有写，明天又有新的文章要写，容不得哪一天有空隙。我也因此得到一个“新闻民工”的别号。别号是太太取的，她没对我说，而是对在报社工作的大学同学发牢骚时脱口说出来的。

四个阶段走向是这样的，二〇一六年六月的第一阶段，从三峡顺流往下，直到九江。二〇一六年十月的第二阶段，从安徽池州向下抵达崇明岛。回武汉后，感觉不能漏掉黄梅戏和小孤山，又回头专门跑了一趟。二〇一七年五月的第三阶段自重庆开始，溯流到达金沙江上游万里长江第一湾的石鼓镇。二〇一七年七月的第四阶段沿青海玉树的通天河向上直到长江正源沱沱河。全部行程都很令人满意，唯一的遗憾是，由于季节差错，可可西里荒原表层冻土融化，车和人都不能通行，无法深入到长江最源头的格拉丹东冰川。

边走边写的好处是，无须提前为写什么操心，整个人很放松，直到打开电脑了，也还是这种随遇而安的心态。这样的行走，根本不知道前方会遇见什么，看到什么。提前做的功课基本没有用，那些隐藏在大山大水之中的人文天章，不费吹灰之力就将预先谋划的心绪弄得毫无用处。

比如，知道杜甫墓在汨罗江上游的平江就是个天大的意外。去汨罗江，本是奔着屈原去的。端午节在汨罗江下游祭完屈原，忽然听说，杜甫就安葬在一山之隔的平江。我特地问家在平江的朋友，人家都没有听说过，我哪敢轻易相信。虽然难以置信，但也不想错过。当我在杜甫墓前稍一伫立，墓前三尺见方的一池洗笔泉水，那种专属于原野的清静，清贫里蕴藏的高贵，联想到杜甫的为人为文，忍不住感叹，这地方只能安葬杜甫。文学有一种神圣的魔力，让人感同身受，将心比心。文学讲情怀，不是看指标，是否榜上有名。杜甫一生留下了那么多的作品，可恨历史不可捉摸，李林甫一句野无贤遗，就造成他一生的窘境，晚境更加潦倒和落寞，千年诗圣落得举家投亲靠友，船行湖南耒阳，遇上大风大浪，无法靠岸，五天没吃到东西，幸亏县令聂某派人拿竹竿送点吃的，上岸后还要写文章，对他人的施舍千恩万谢，让人情何以堪……

在醉翁亭遇王黄州也是如此。去滁州琅琊山，原本是为欧阳修，去了之后反而被王黄州的名字所吸引。那种瞬间的引爆，让其千年之后的黄州老乡顿生身世之感。王黄州真名叫王禹偁，在欧阳修之前许多年就写了名篇《黄州竹楼记》。之前从未想过此中关联，身临其境了，就不能不多一个心眼，有此比对，倒也能在不经意间，看透历史与文学的某种不可告人之奥秘。

行走之时，最是如信了王黄州那样信赖地方志。每到一地，先读地方志。早年的方志，客观真实，没有炒作之嫌，编纂者也还讲究风骨，不像现在的互联网，看似方便各类查找，非常便捷，真的涉及史实，不靠谱的甚多。为了吸睛，拼命放大传说和传奇，最终变成了谬说与离奇，当一时的玩笑听听就好，却当不得真。

读地方志的最大好处是，能对当地的人文背景，有个坚定的判断，而不是道听途说。苏轼也算性情中人，自己先前写诗说得清楚不过，杨贵妃吃的荔枝是现今合江一带产的。等到贬谪岭南，不得不在朝夕相处的人面前极度称颂当地荔枝，让后人以为他和杨贵妃喜好的是同一宝物，也是人之常情。身为文人，难免会有应酬之作。我去过皖南泾县桃花潭，方知李白当年也免不了流俗。这样的事自己也有遇到，人家好生款行，总不能不说点什么吧，既要自己不肉麻，别人也不觉得阿谀，最好办法就是写山水人文。像李白，因为看到岸上的人在跳着踏歌舞，所以写上几句，总是说得过去的。这次行走长江，一路上衣食住行都是自己掏腰包，所以，到了醉翁亭，心有不满，就可以毫无顾忌地随笔写上一段。到黄石看相关遗址，听到对方将一座水塔硬是说成是小日本的砖也比中国的好，也能当场指其荒唐。

面对一条大河，情怀会变得大气。弄些小确幸、小清新，对不住长江。在九江浔阳楼现场，再读宋江题的“反诗”，更觉得俗不可耐。反过来，那些捕风捉影写匿名信告状的人，便是其俗到骨了。而将几句牢骚话当成动摇朝廷统治的大罪，足见这个朝廷的无可救药。相比乌江不渡的悲剧色彩，项羽身上的贵族精神，更深得我心。鸿门宴之败，我宁愿相信他是举不起那把阴险的丑陋之刀。我可以死，但我心不死。我的身子可以被你们分成几块拿去刘邦那里领赏，我灵魂将会让后世永远铭记谁是英雄，谁是小人。这是项羽不渡乌江的原因，也是结论。

所以，长江万里长，我们的行走弯弯曲曲远不止一万里，走了那么多地方，我只在屈子祠和杜甫墓前鞠过躬。这也是没办法的事，他们的品格文章太令人肃然起敬了。

沿着长江水线，越走越感动，越走越亲切，越走到最后，越觉得长江就是家门口的那条小河。长江上那些特别的物产，比如水里的江豚、中华鲟，岸上的雪豹和藏羚羊，就是小时候在河里追逐的那种不知道名称，但被我们叫作马口或者花翅的小鱼，就是被我们当成宠物养过的小野兔和小刺猬。肉眼所见越是亲切了，灵魂所到达的源头越是丰富，除了地理源头，还有科学源头和文化源头。

日子分一年四季，这场行走，跨越一年，季节上却只有春夏秋三种，实际上，还是在可可西里补全了大雪纷飞的冬季。

在整个行程中，印象最深刻最震撼的是从川江到金沙江这一段。万里长江的这一部分，蕴含了太多东西，内涵之丰富，也只有长江浩荡方能赐予。古代史、近代史，自然的、历史的，人类起源和人类的现代化，都可以在这一带的山水中见识。震撼人类考古学的元谋人是在这里发现的。近代史上，红军在这一带宛如神助般四渡赤水，飞越乌江和和金沙江，安然渡过万里长征中最危险的区域。最意外的是从四川涪陵转往合江，路过江津，遇上一处深幽独秀的小院，那是晚年陈独秀旧居。这样的小院和斯人风范，值得每个沿长江而来者久久伫望。

文学当然有自己的天命。

我欣赏阿斯塔菲耶夫的《鱼王》那样的行走。唯有那样，行走才是一个大词。只有怀着大词行走，才能在和县突然遇上项羽，在江津突然遇上陈独秀，在曲麻莱县的通天河畔突然遇上狼，在玉树遇上一群藏族作家，又在玉珠峰雪山下遇上一群来自西宁和德令哈的诗人。能将一条江走透，将浩如烟海的江面，走成美人秀目一样的极小水汪，还能够不时地与古往今来的人事撞个满怀，至今想来仍觉得难以置信。真的行走起来，才能体察人生何处不相逢，行走到最陌生处，往往才是最熟悉的开始。不止是对新见的东西开始熟悉，还能发现自己身上隐藏着那些不曾认知的东西。对长江来说，一次行走都不敢妄言已经熟识，更遑论以一座三峡来说万里水流，也不可以用一条乌江点睛长江精神。如果与谁有所相似，我宁肯相信，走透一条江，最相似的是对没有一滴水的撒哈拉沙漠的穿越。

此番行走，得到三峡枢纽建设运行管理局，宜昌市旅游局，长江水利委员会水文局下属的江苏徐六泾水文站、安徽大通水文站、江西湖口水文站、湖南岳阳水文站、湖北沙市水文站、宜昌水文站、重庆寸滩水文站、四川宜宾李庄水文站、攀枝花水文站、云南石鼓水文站和虎跳峡水文站的倾情协助，在水的事情上解开许多疑问，并且通过在水一方的他们，让水做的长江显现出与普通人类似，又绝对不可能普通的情怀。

在“万里长江人文行走”团队中，从头到尾走完的，只有我一个人。二〇一七年七月二十二日，在海拔四千五百米的曲麻莱县，早上起床后，头一天在通天河畔遇见狼的吉祥，仍在感染这二十年来一直让我特别感谢的日子。大家聚在一起测心率和血氧，没想到年龄最大的我状况最好，心率才八十七，血氧却有九十六。二十年前，我第一次上高原，其后又有过多次，还去过珠峰大本营。但医生还是很惊讶，很多小伙子的身体状况都不如我。我告诉大家，自己每天早上游一千米，坚持了十年，现在是第十一个年头。体能的事，临时抱佛脚也能对付一阵，健康之事就不一样了。体能如同现在段子手们写的段子，偶尔为之也可以。健康却是长篇小说，必须具有文学的专业精神，要像大江大河那样源远流长才行。

关于“万里长江人文行走”活动，我愿在此后记中，衷心祝福团队的成员：《楚天都市报》的资深编辑刘我风，青年记者张屏、萧颢、黄士峰、魏铼、吴质、曲严，能够将越野车开得像高铁一样平稳舒适的岳磊师傅，《西海都市报》的首席文化记者李皓和青年记者郑思哲，《湖北日报》大学生记者团的宋志辉、马骁、蒋晓雨和马青青，百威英博亚太区副总裁王仁荣先生及助手王楚楚，还有才华横溢的湖北美术学院水彩系副主任、青年画家李宁教授。愿他们像崇明岛外的长江一样浩瀚荡漾，像在通天河畔遇见的那匹狼一样吉祥！

刘醒龙

二〇一七年十月二十四日于东湖梨园

图书在版编目（CIP）数据

上上长江 / 刘醒龙著 . -- 北京：作家出版社，2017.11

（中国文学创作出版精品工程）

ISBN 978-7-5063-9774-2

Ⅰ . ①上… Ⅱ . ①刘… Ⅲ . ①散文集－中国－当代 Ⅳ . ① I267

中国版本图书馆 CIP 数据核字 (2017) 第 274385 号

上上长江

作　　者：刘醒龙
插　　图：李　宁
责任编辑：罗静文　张　平
装帧设计：意匠文化 · 丁奔亮
出版发行：作家出版社
社　　址：北京农展馆南里 10 号　**邮　　编：**100125
电话传真：86－10－65930756（出版发行部）
86－10－65004079（总编室）
86－10－65015116（邮购部）
E－mail:zuojia@zuojia.net.cn
http://www.haozuojia.com（作家在线）
印　　刷：北京画中画印刷有限公司
成品尺寸：130×185
字　　数：128 千字
印　　张：8.5
版　　次：2017 年 11 月第 1 版
印　　次：2017 年 11 月第 1 次印刷
ISBN　978－7－5063－9774－2
定　　价：58.00 元
